静默的存在

许春夏　北　鱼　主编

中国言实出版社

图书在版编目(CIP)数据

静默的存在 / 许春夏, 北鱼主编. — 北京 : 中国
言实出版社, 2022.2
ISBN 978-7-5171-4069-6

Ⅰ. ①静… Ⅱ. ①许… ②北… Ⅲ. ①诗集—中国—
当代 Ⅳ. ①I227

中国版本图书馆CIP数据核字（2022）第038330号

静默的存在

责任编辑：王蕙子
责任校对：罗　慧

中国言实出版社出版发行
地址：北京市朝阳区北苑路180号加利大厦5号楼105室（100101）
编辑部：北京市海淀区花园路6号院B座6层（100088）
电话：64924853（总编室）　　64924716（发行部）
网址：www.zgyscbs.cn
E-mail：zgyscbs@263.net

经销：新华书店
印刷：三河市华东印刷有限公司
版次：2022年3月第1版　　2022年3月第1次印刷
规格：880毫米×1230毫米　1/32　12.75印张
字数：160千字

定价：78.00元（精装）
书号：ISBN 978-7-5171-4069-6

编 委 会

顾　　问：赵和平　吴　笛

总　　编：许春夏

副 总 编：卢　山　北　鱼　胡洪林

本书主编：许春夏　北　鱼

副 主 编：卢艳艳　余　退

编　　委：双　木　尤　佑　敖运涛　马号街

　　　　　萧楚天　沈秋伟　郁　颜

用声音寻找静默

》萧楚天

　　有一段时间，一些人逐水草而居，他们的孩子有了理所当然的家园；后来，一些人住进了城市，他们的孩子听说过关于水草和家园的记忆，但那已不是自己的家园；再后来，城市里的一些孩子长大了，选择出走，去寻找他们听说过的家园。他们口里喃喃着"归隐""归去来兮"，仿佛他们不是要出走和逃离，不是叛逆者，而恰恰相反，他们是要回去，回到一个从未到过的地方，回到真正的家园。

　　本诗集就集中展示了这样的一群追寻者。他们用各自独特的声音，寻找着一种"静默的存在"，广大而温柔。这寻找似乎出自本能，这本能似乎就是一种古老的记忆，不断地闪现，你若正好在它面前睁开眼，你就会忍不住去问："是哪里？"

　　诗人是经不起反复的自我讨问的。这记忆结晶成本能，这本能塑造了存在方式，这方式在诗人出发前就替诗人想象好了路径。行走，或写作，就是安然地接受召唤，就是命运在实现自身。对一切声音来说，没有比沉默更具吸引力的了。

　　而作为想回归到静默的诗，它的吸引力也正源于此。源于它的起点，这起点同时也是终点。如果我们挪用一下荣格的"集体无意识"理论，那么这种"回归"的冲动就不仅仅是诗人群体才有的，诗人群体毕竟不是生物学意义上的，诗人的感受体和非诗人的有同样的生物学基础，也就有了同样的心理学基础。也就是说，诗人发出的声音，尤其是追寻那静默的家园的声音，是可以被非诗人捕捉到，从而唤醒非诗人对这个无实体的家园的意识。一些诗人——冒昧地把叶芝和海子搬出来一下——就孜孜于这种诗的召唤术，并因此到达一定的美学高度。我们也可以在这些作品里发现这种意识，甚至因为这种意识而给语言带来的令人惊艳的美学效果。

如果我们从诗的发生学谈到它的美学，那么价值判断就是房间里的大象，是一件你我都知道在那儿，但挑明了又极易引发争论，甚至引出谬论的事。在一部囊括面比较广的选集中，好作品的好，往往是因为有对比，但我们不能在选出各自心中的好作品之后，就把自己觉得不够好的部分撕掉（首先你极有可能把别人觉得好的撕掉，别人也可能撕掉你的）。这种对比不是绝对的优劣之分，而更多地会呈现出一种生态：我们不能说一只虎比鹿好看，或者一片云比溪水好看。完整的湖山生态就是由这些各自成型又互相形成关系的部分组成的。

借用鹿这个意象，有没有湖山生态，或者说一个家园生态，会明显影响到我们对它的美的认知。一头野外的在水边驻足的鹿，和一头被制作成标本摆在博物馆里的鹿，它们有可能是彼此的前世今生，甚至看起来还一模一样，但在这种转变当中，什么东西恍然失去了，什么东西又突兀地多出来了，旁观者是可以意会到的。

说得更直白一点，我们在一批追寻静默的家园的诗当中，可以比阅读单篇更明显地感受到那家园的存在。比如说，当我们听到一阵风吹过山林，其实是山林的存在替我们描摹了风的踪迹。

好的作品则因为能让读者深刻地感受到那家园，而获得相对而言更强的吸引力，也就是更容易在读者那里获得"这是一首好诗"的共识。在这个意义上，这种共识的产生和集体无意识是有内在关联的，这关联也为评价诗的高下提供了一种锚定式的依据。

但值得注意的是，这种依据并没有提供一首最好的诗的样子，就像那个诗人们孜孜以求的静默的家园，在众多的声音中，在声音的世界里，它不是任何一种声音，它不是作为这个世界的一部分而存在于这世界之中。诗人们苦心雕刻自己的声音，以期无限接近那绝美的沉默。如果我们默认每个人的心中都潜藏着对某个无形的家园的追求，那么读者（在同一个时代的背景下）是可以察觉到一首追寻之诗带来的共振是否强于另一首的。

这样的分析似乎有把诗当作一种工具的嫌疑，好像它们的存在是为了到达什么。如果是的话，一旦到达了目的地，人类就不用继续写诗了，子子孙孙都读一首诗就好了，只流传一首到达之诗，其他的探索之诗都可休矣。如果是的话，要么我们在重复劳动，毕竟被公认为经典的诗是已经存在，且数量也并不少的，要么这些经典都有着核心缺陷，都没有最终到达目的地，都没有实现"一劳永逸"，而我们也都还在路上。另一种可能是，我们的追寻是不可能完成的，因为那种冲动，只要人性存在，就会一直存在。而一些诗被奉为经典，则是因为它们展现了聆听沉默的可能，也同时提供了探索沉默的方式。也就是说，终点定义了过程，踏上这条路，就像把水缸里的鱼放回到河流里。诗是活在河流里的鱼，诗人追求的故园是到不了的海。诗人与沉默故园的共振，决定了诗人纯粹的程度。一个纯然的诗者，可以说既是人，也是一种进化论意义上的精灵。

无论我们相信哪一种可能，那冲动依然还在，诗人们依然被它吸引，有些就是因之成为诗人的，那冲动是他们的初心。一个诗人的初心，在其诗作之中，也会是一种静默的存在，读者也可以通过感知这存在的状态获得评价一个诗人的依据。诗人反反复复地想成为某个自己，似乎这自己曾经存在过，在写得近乎神显的时刻又似乎他很快就会出现。作为囿于时空的生命，依赖着无法对那冲动免疫的感受体，我们只能说，诗是一种现象，它自身的目的是什么（或者有没有目的），不是我们可以想出结果的。

本诗集的选稿，从目录就可以看出来，在主题上并不是全部都集中于山水或田园，但大部分都有自觉的探寻的意味，比如"鸟儿是一排空音箱，树枝轻轻 / 摇着被遗忘已久的音符"（胡弦）；"我闭着眼，觉得此生仍有望从 / 安静中抵达 / 绝对的安静，/ 并在那里完成世上最伟大的征服：/ 以词语，去说出 / 窗台上这 / 一枝黄花"（陈先发）；"像大海隐藏更深处的蓝 / 告诉世人的，唯有吞吞吐吐的海岸"（北鱼）。本书还加入了"唐诗之路"主题和"新疆小辑"，在内容上显得更多元化。"唐诗之路"主题下的作品，与诗人们的整体风貌相似，可以说是一次更加集中的对江南诗风的探索。"新疆小辑"的作品中最引人注目的，也自觉借用了历史回忆，尤其是丝绸之路与汉唐西域元素，这种借用更使得"回归"静默故园成为更加可感的行动，比如"我们与这残城的寂静多么融洽 / 穹窿孕育，佛香聚拢 / 我们内心澄明 / 在这纷繁的人世仿佛绝尘而去"（吉尔）；"每颗星星都是你流浪的码头 / 那里闪耀着人类古老的乡愁"（老点）；"长安不远，酒不停，歌不断，雪满山"（去影）。

在体例上，按比较传统的分法，它们几乎都可以被归为抒情诗。人类的诗歌史也告诉了我们，抒情诗是诗中占比非常大的部分，甚至可以说是大部分，抒情的内核与前边开头提到的为了探寻沉默而发声的冲动非常相似。我们也可以进一步设想，如果抒情的内核正好就与这冲动同源，那么是否可以说，抒情诗在本质上就是人类探索的一种方式？抒情是否就是出自回归家园的冲动？这冲动古老，但它的呈现常新。我们收集这些呈现，就有如古代的采诗官。

　　谈到这儿，或许我们就可以确认一下这本诗集的意义所在了。它们是我们视野所及的诗人们的探索的努力，或者回归的努力。它们让那条"回去"的路一直留在我们的视野里。路是一直在那儿的。在一些时代，比如我们当下这个，感官的满足空前容易；价值取向如超市的商品，各取所需，不费思量；专业化倾向把能够多方面感受世界的人训练成各司其职的零部件。再继续下去会发生什么，或许不好说，但无论是哪个时代，诗人都做出了相似的选择，走上相同的道路，留下让我们屏息的作品，提醒我们，活着有另一种方式：与永恒共舞。

　　如果这样说显得过于宏大，那么我们可以修正式地补充：展示意义是为了确认选择。我们做出这样的选择，是因为我们认同"回归"式的探索，那静默的存在是我们的星空。

　　是为序。

2021 年 4 月 26 日

目　录

┃ 上　辑 ┃

五、内部的景观

六、在风景里

七、林中的树

| 下　辑 |

一、新疆诗人小辑：一口饮下人间的烈酒

二、校园小辑：折半枝残梅写成信

三、湖畔同人：湖山遍布险峻沼泽

四、古诗新韵：此番西征无留念

五、唐诗之路：愿将灵魂皈依山水

六、专 论

一、我去过山里

暮色埋葬了太行山（外三首）

大　解，1957年生，河北青龙县人，现居石家庄。主要作品
　　　　有诗歌、小说、寓言等多部。作品曾获鲁迅文学奖
　　　　等多种奖项。

暮色埋葬了太行山，但它未必真的死去。
有灯火的地方就有人。我去过山里，万物都在，
山河有自己的住处，亡灵发光，不低于星辰。
我要到山里看看，你们不用担心。
北方如此辽阔，为何只怜悯我一个人？

南　溪

南溪太急，何事如此匆忙？
万世已去，退场者仍在还乡的路上。
往兮？归兮？
我记得人间，有一个荒凉的大海，
比死还要恒久，因为汇集深流而永不平静。

草　原

天空长满了青草。牧人走出帐篷，
紧了紧腰带，在云彩上面找到了自己的马群。
更远处，隐身的冒犯者正在天顶上施工。
神在远方行走，还不知道此事。
神在犯错误。
而越界的工匠们从天上回来，长着相似的面孔，
尽管我一个也不认识，但我相信都是熟人。

我曾经在海边居住

大海动荡了多年，依然陷在土坑里。
而山脉一跃而起，从此群峰就绪，座无虚席。
这就是我久居山下的理由。众神也是如此。
我写下的象形文字，发出的叹息，
与此有关的一切，也都将
接受命运的驱使。
我这是啥命啊，
等到大海安静了，我才能回去，过另一生。

此 刻（外三首）

胡　弦，诗人，散文家，出版诗集《沙漏》《空楼梯》，散文集《永远无法返乡的人》等。现居南京。

这朵花，我无法形容它的颜色、情态……
语言止于此也许
是合理的。

当我仰望天空，我察觉到"蔚蓝"一词的无用。
屏风上，木头雕成云朵：
得其所适的云，像一个安居室内的词，带着
绝对的宁静——是种

淡淡的绝望控制着人间：你是核心，
和这核心的绝对性——你的美
对词语的作用是种完美的终结。

……我们继续说话，漫无边际，
镜中人：你和我
全知——拥有全部的心痛，但不在
语言那漫长的旅程中。

江　边

古老的招魂术：驳船

无声滑行，露出舱顶和机械臂……

一声汽笛，被其看不见的用途吞食。

——甲板又变暗了，浓雾中的未来，

没人知道该怎样使用它。

莫名的阵痛，在燕子的剪尾中

维持着我们对生活的感觉。

远方都相似，被描述控制，

——有翅膀的东西都已接受了控制。

船队继续前行，它们斑驳的立面

断壁一样在眼前移动，构成

一条江，和滑动的时代新的关系。

有时没有雾，旅途更漫长，

被遗弃的旋涡在悬崖下打转，时间

借用它们稍作滞留：这小游戏，

有种与航速脱节的欢愉。

一只小汽艇拴在木桩上，

它熟知整个大江的颠荡，并漾动在

欲一试身手的兴奋中。

已是秋天，造船厂在调试新的马达，风

从堤岸上提走无效的嘈杂。

荻花就要白头了，这些

易朽的事物，要用短暂的一生，
练习怎样与永恒相处。

礼　物

万籁俱寂。
现在请回忆，鸟鸣不是声音，
是礼物。

夜色如旧，其命维新。
现在，风在处理旧闻。
风也是礼物，把自己重新递给万物。

现在，湖上空旷，群山
是错了的听觉。
黑暗深处，老火车是一块失效的磁石。

鸟儿是一排空音箱，树枝轻轻
摇着被遗忘已久的音符。

垂钓研究

1
如果在秋风中坐得太久，
人就会变成一件物品。

——我们把古老的传说献给了
那些只有背影的人。

2
危崖无言，
酒坛像个书童，
一根细细的线垂入
水中的月亮。

天上剩下的那一枚，有些孤单，
……一颗微弱的万古心。

3
据说，一个泡泡吐到水面时，
朝代也随之破裂了。

而江河总是慢半拍，流淌在
拖后到来的时间中，一路
向两岸打听一滴水的下落。

4
一尾鱼在香案上笃笃响。
——这才是关键：万事过后，
方能对狂欢了然于胸。

而垂钓本身安静如斯：像沉浸于

某种

把一切都已压上去的游戏。

5

所有轰轰烈烈的时代，

都不曾改变河谷的气候。

在一个重新复原的世界中，只有

钓者知道：那被钓过的平静水面，

早已沦为废墟。

浮云与游踪（组诗）

干海兵，中国作家协会会员，一级作家，四川省作协诗歌委员会副主任。曾从事职业诗歌编辑 20 余年，先后担任《星星》诗刊副主编、巴金文学院副院长。20 世纪 80 年代末开始诗歌、散文创作，有作品在报刊发表、转载或获奖。出版有诗文集《夜比梦更远》《大海的裂纹》《远足：短歌或 74 个瞬间》等多部。

羊楼洞的车辙

被雨水剜去的那部分
回荡着长江铁质的声音
被月光剜去的那部分
芒草疯长，桐油灯如火屑
被茶叶剜去的那部分
飞向伊斯坦布尔，一小杯
时光的回音

赤壁之腋，独轮车在黄昏
空空荡荡地呻吟。

经过的小花
矢车菊，谢了
经过的小草
车前子，背负着三百个寒暑

羊楼洞，你为什么有那么多
叮叮当当的伤痕
车轮吻过的远方
是茶叶驮来的新娘
新娘从汉阳来，转过藏青色的
无言无语的消瘦的冬天

月夜黄姚

溪水流着流着就拐向了黑夜
月亮碎了，青石板的小街
萤火虫提着
那孤星般闪烁的柿子

我来过这儿，是被微风
还是被悬铃般的梦呓，叮当在
一去难返的青苔上。我来过
小巷漂浮的魅夜的腹部
大榕树垂向故乡，石阶上
叩头的鲤鱼
有三百年图腾的秘密

斑斓的梦境倒映着远山
竹林和似是而非的小径，一个
美少女在雕花的窗前侧身远望
是秘语般的 9 点 43 分

龙门榕

夜晚的亭子河漂浮着街灯
涉水而过的石头盈盈三尺，拦住
一身尘土的旅人

而高八丈八的侠客正一手遮天
大胡子滴答着古代的月光
我且要拜一拜：他的十二柄老剑
五人抱的铜鼓
两截挣扎着上天入地的
沉郁之身

苍龙在手，我且尽揽这遍地的
碎银，把古镇打包发往
中原、岭南或者遥远的京畿
我有空空的行囊
我有黄姚五百年逍遥的箫声

在蒙顶山，兼品茶经

清明多有老迈的雷声，和
碎玻璃般的鸟语。一枝一叶
浮沉的雅雨中有江山、块垒，锈色
有剪裁过的皇帝和小径
茶道十八式，喷薄而出的
还有印度洋带病的春天

那些最嫩的雅女婉转而过，瓷的枝条
把石花扶成氤氲的繁星，把黄芽的回头一眸
埋伏在茶经中容易迷路的章节
只有甘露随风而起

群山呼啸，如一千万枚带心事的响镞
如一千万瞬春光绣在铜壶的外壁
我在小小的海中击礁石而歌，以一杯模糊的
时间养大缚剑的雅鱼
以一杯蒙顶茶从此小舟逝，从此
不再呵责人间冷暖

文昌椰林湾的星空

啊，人马座的星云，或者

大熊座所有漏洞一样的
星星。你们比我脚下的海水
更令我发凉

如果倾盆而下，椰林湾会
结出冷色的葡萄
我在沙滩上端坐如仪，像昨天
刚刚离去的古人
他们把星星刻在海浪上
曾经有一万颗忧郁的
被风吹向了，上空

啊，人马座的稀薄的星云
你们如何听到人和马
彼此叩击内心的，回声
你们把苍白的行走横陈在
椰林湾的上空
直至油尽灯灭

林　中（组诗）

离　开，本名黎俊，1974 年生，宁化县人。福建省作家协会会员。作品散见《诗刊》《星星》等刊物，获福建省优秀文学作品榜奖、诗探索·中国诗歌发现奖提名奖、诗探索·中国红高粱诗歌奖提名奖。著有诗集《缠绕》《苹果已洗净放在桌上》。

山顶上的积雪

古刹的钟声敲响后，雪就落了下来
你并不记得，这是你见过的第几场雪
在山中住数日，寒冬又忽至
树叶不全是枯黄，有青翠的叶子
给你安慰。人间事纷扰
拿起和放下，在一念之间
熟悉的鸟鸣有几种，你在分辨
菜蔬上落满霜，可以摘了
雪越下越大，越下越安静
忽闻有树枝折断的声响
寺中的老僧无语，点燃一炷香

他不去管雪落在塔尖上
还是落在山下的村庄
山顶上的积雪越积越厚
要过几日才能融化

如果没有鸟飞过

三只鸟掠过，带走树顶上金色的阳光
如果没有鸟飞过，我只是安静地在树下走
它们不知从哪里飞来，还没有疲倦
还不需要停在树枝上休憩片刻
它们不知又要飞向哪里，但我可以肯定
它们飞行路线是明确的
在秋天，我喜欢漫无目的行走
坎下是稻田、菜地和池塘
它们全都是明亮的
你看到秋天的景致，没有轻浮
多了些慰藉。银杏果已采摘
银杏叶还没有金黄，秋天在行进
我思虑的事所剩无几，内心的幽暗
突然被树顶上那片光照亮

给晚春的楸子

河上田野的那只灰鹭，在春日里

没有阴影。你还在人间，没有死亡
浅草在墓地摇摆，我不说摇曳
林中山野的风，吹来露珠
吹来寂静的河流，吹来
最好的黄昏。
已经十三年了
你离去时，天地并不昏暗
河水也没有呜咽，我也没有哭泣
你怎么忍心听我哭泣
我们又来到最初的松树林
这个安静的黄昏，你是
多么明亮啊。夕光从松枝间
落下，又一次落在明亮的松针上

暴雨如注

白日的树林并不安静
夜晚梦里的场景就特别混乱
一会儿身处陡崖，一会儿又被追杀
赤脚在深林中行走
广场上齐聚的人群四散
突然就消失不见。天阴沉，乌云密布
我一直在独行，找不到回家的路
一场大暴雨，河水漫过桥面
它淹没了整片田地
雨再大些，会下到你的梦里

你在屋檐下躲雨
大雨过后，你又走进这片树林
你看见树叶上的光亮
和从前不大一样。蛙鸣初歇
在清晨，当你路过
池塘边的青草，只轻轻晃动了一下

林　中

群鸟在林间投下的影子
是凌乱的。它们正飞向西山的墓园
秋天的果实，在山坡地滚动
有一粒，会滚落到你脚边
堆积在地的枯叶，很快就会腐烂
所有的光，都会暗淡下去
瞌睡者的眼帘还挂着
一个安静且忧郁的秋天
而特拉克尔，这样描述秋天——
"一群牲畜迷失在红色的树林，
干枯的柳树滴下黑色的露珠"
他的孤独，是有色彩的
已经是秋天了，我无话可说
我是误入林中的麋鹿
我在林中待的时间会更久一些

满陇桂雨之晨（外四首）

涂国文，国家二级作家，中国作家协会会员、中国文艺评论家协会会员、杭州市西湖区作协副主席，著作九部，现为某高校杂志社执行主编。

满陇桂雨早晨飘落的一片黄叶
是否会引起太平洋彼岸的一场海啸？

这词语的风暴，在心峦与峰峦之间
肆虐成一场互文之雪

迷雾的长舌在山谷的口腔中蠕动
它想说出谁的秘密？

昨夜在延安路上仓皇奔逃的夜色
已否从宿醉的肇事现场逃离？

还有什么，比落叶敲在诗人的心扉
更让世界感到忧伤？

还有什么，比一位白发老者的告诫

更语重心长——

"诗人是忧患的人，不是快乐的人！"①

后遗症

去过西藏后，每次看到山峰
我都会紧盯着那峦尖
想象上面正覆盖着积雪
都会在心里庆幸
在这污水横流的人世
还有钻石，在高处
闪烁着光

苏曼殊

那个芒鞋破钵的年青诗僧
又来到西湖边疗伤
这是他平生十一次到杭州中的某一次
鸭蛋青的暮色
被晚风一缕缕抽走光明
他像一只空空的瓷瓶
在断桥上摇晃

---

① 语出诗人多多。

从月色中渐渐浮起的湖光
一点点注入他的体内
将他稳住
他通体发出
孤独的光芒

西　湖

身边熙来攘往的男女，皆有着南宋遗韵
他们刚从一场世纪大疫中走出
像当年跟随康王南渡的臣民
刚刚抵达临安

我知道他们内心的悲喜。在断桥残雪
在北山路，我看见他们一个个
都同我一样，脸上挂着宝石山的夕晖
像际遇了一场失而复得的爱情

荒　原

荒原如一部摊开的大书，覆盖在大地之上
封面封底装饰着一座百花园
隆起的书脊上爬伸着一行鎏金文字
一条玉带似的腰封，提示它的盛大与辉煌

寂静在封皮的巨翼下，孵化着黑暗和光明的主题
修辞的土拨鼠在想象中奋勇掘洞
情节的蜈蚣排着队在小说的灌木丛下行军
诗歌的赤狐和散文的狼獾上演交锋的哑剧

长剑的警句、匕首的成语和弯刀的格言
被野火的长舌一条条舔舐
留下一具腐臭的蛇蜕
像暴发户摆放在书柜上的烫印盒式假书

这繁花似锦的荒原
这繁花似锦的汉语

立春日（外四首）

寿劲草，居于西施故里，供职于诸暨市教育考试中心。业余写诗。

蜡梅是列队的花束，是冬天忘记熄火的马达。
它们的转速大于定律
它们恭候，又充当引信

气象学分发春天的门票
且从不爽约。南方的灰雀
开始合唱片头曲
但蒲公英的降落伞还在殷勤运送
冬天的辎重。

春天必定面对残局。植物的棋子
要重新归位。
在荒芜的棋盘上
五个小卒挥师南下，只要自定规则
将军的老巢是一座空城
世界的启动仪式是一辆行进的军车

小花鬼针草摇下积雪的窗玻璃

它的种子在它枯萎的身体里

我的愿望早于蜡梅

我的春天失去了双腿

两只蜂箱

在陡峭的地方

停放在恰到好处的位置

野蜂

在大雨到来之前

收拢各自的翅膀

我们互不相识

互为悬崖

各自酿造渺小的甜蜜

生怕被一滴雨打落

深不可测的生活

高姥山悬崖众多

雾去风来

我们因地制宜，都有两只必然的蜂箱

一只盛着采集的花朵

另一只放着我们

小小的刺

在书房

在清理书架的时候，我看见
海子躺着，海明威躺着
姓海的和不姓海的都躺着
我突然发现，那么多人都躺着
我是想抽去一根铁轨的，我也想
把一支双筒猎枪抬高一寸
因为一匹马需要喂养
而乞力马扎罗的雪蒙上了灰尘
我们都还活着，你们
怎么能躺下呢？
现在，我唯一能做的
是把你们竖起来
使你们在书架上显得有些尊严

荒　芜

我喜爱这样的荒芜
泥土、水和枯萎的组合
对于季节的忠实
比桃花的语言和举起的手
美丽

我　是

两根反向交接的绳子
我在绷紧的交接点

我至少有四只手。我是我的四只手
至少两个背道而驰的身体

我是我有弧度的背
和平行的肩膀，两根对立的尼龙绳本身

我是我使出的全部力气
它们坚持自己的方向

我是两个国家的宿主
它们完全敌对，躲在我的深处

有时候也坐到谈判桌上
但互不相让，缺乏谈判技巧

因此必定谈崩。其实它们
从来也没有好好谈过

那个擦玻璃的人（外三首）

苏 波，60后，20世纪80年代末期开始写作。在国内报刊上发表诗歌、散文作品十数万字。著有诗集《一个词，另一个词》（2016）、《夜航班机：苏波诗六十六首》（2017）。文学读本《达夫弄壹号》副主编。曾获首届原则诗歌奖。现居杭州富阳。

擦玻璃的人来到我家
她要取消玻璃
把天空引进来

她用抹布、身体、专业工具
擦拭灰尘、雨水、鸟鸣、车辙
她把天空浓缩为一块玻璃
欲擦出里面的积垢与可能的存在
而玻璃里的人与她酷肖
在相互模仿中被玻璃取消
她擦拭着曾经存在的事物
不可能的事情被她遇见
而垂直的事物也要粘附世界
陡峭的认知结成短暂的共同体

她带走了肮脏的玻璃
与透明碎裂鲜血的多重语义
而那块被重新镶嵌的镜子
一些事物依照内在的指令蜂拥而至
而擦玻璃的人已消失不见

一种改写
—— 对萨拉蒙的戏仿

写诗
是最严肃的事，
在世上。
像在爱中
万物显形。
词语颤抖
如果它们正确。

像身体颤抖在爱中
词语颤抖
在纸上。

凌晨四点

凌晨四点，我从睡梦中醒来

有马队驰过

拥着大纛和水晶

某座隧道，在轰轰烈烈中坍圮

凌晨四点，这是应该沉睡的时刻

凌晨四点，这是应该醒来的时刻

附近响起摩托车引擎的声音

他从这里出发，或从远方归来

灰尘擦亮蓝色的头盔

而启明星璨亮

它正撬动一块巨石

露出蛋清与饥渴

时间的燧石

掀开我的眼睑又缝合它

我扔下我，在窗外肌腱的鞭影里

又沉沉睡去

凌晨四点，是天启的时刻

是星星汇入河流的时刻

是我在的时刻

也是你赶来的时刻

风片（18章）

1. 打开一本书，黄昏也变得明亮起来。

2.烟，茶，咖啡，书，构成了内在的完美的几案。

3.向远方快递一本书，同时寄出的还有我的微笑和手温。

4.深夜读书，仿若搭乘一列无人的列车，向着黑暗的旷野深处驰去。

5.深邃的思想，就像断崖，要么攀爬，要么绕开。

6.香烟的烟缕在书上袅袅升起，带起的是思绪，留下的是灰烬和它的重量。

7.浮躁的文字，喋喋不休；安静的文字，喁喁私语。

8.我站在岸边，眺望大海。让我站在高处的，是脚下文字砌筑的礁石。

9.夜深了，我仍未眠，静心谛听书页与书页间岩壁的回声。

10.欢呼者并未拿到密码，而孤独者在昏暗中仍在叩问幽深洞穴中沟回般的褶皱。

11.面对一本书，是面对一个人的另一种方式，而且是深刻的方式。

12.你背着一大包书，左肩倾斜，那是向善向美奋力转弯的姿势。

13. 如果我是一粒沙，我为自己写下这样的诗句：星空低垂，露水饱满，我翻了一下身，呈现全部的履历和虚无之上的一盏灯。

14. 我有了自己的第一本书，从此，我便拥有了另一个精神的肉体和生命。

15. 我立在书柜前，灵魂静默，而字里行间喷出的盐环绕并覆盖了我。

16. 你只有逃到书本里去，才会获得安宁和栖居。

17. 人们都在文字的园圃里培育自己的菜蔬或花卉，我愿用全部的心力，培育一株带刺的玫瑰……它有绝世的唯一的美。

18. 阅读时，在安静中低下头去，低到一粒沙，低到一滴水，低到精细的纹理，抬起头，你会看到真正的大海。

二、南方的细雨中

爱与哀愁（组诗）

荣　荣，本名褚佩荣，1964 年生，出版过多部诗集及散文随
笔集等，参加过《诗刊》社第十届"青春诗会"，曾
获《诗刊》《诗歌月刊》《人民文学》《北京文学》等
年度诗歌奖、中国作家出版集团优秀作家贡献奖、
全国第四届鲁迅文学奖等奖项。

银杏黄

如果能够设计，一定要在深秋，
一定要去银杏树下，一定有个
黄皮肤的男子，必须从春天等到银杏黄。

然后是相遇。台词是现成的：
"是你吗？真的是你吗？"
"你终于来了。一切还没有太晚。"

然后是几个特写：负距离的对视和
红衣裳红脸庞。怼天怼地的黄。
再拉个远景：一棵银杏，一长溜银杏。

它们都黄着。黄金的黄。黄帝的黄。
黄酒的黄。枯黄的黄。黄连的黄。
嫩芽的勃发之黄，落叶的凋残之黄。

它们点着了深秋的灯。深秋亮了。
深秋要不要这样好看就像一场相遇？
深秋加爱情要不要这样好看？

然后再设计重逢，反复的重逢。
用硫黄的黄，黄昏的黄，抵死缠绵的黄。
没有迷糊，猜疑，哭泣，抑郁。

银杏树不会弯腰给她拥抱，他会。
银杏树太高太硬了，他正合适。
一切都刚刚好，她与银杏黄与黄皮肤的男子。

那一晚或电影

想着他的睡他的醒，想着他
皱眉或开颜，停留或回望，
想着她无厘头的低询和他认真的应答。

想着他温柔的呼吸在她唇齿颈弯发间的
滞留。想着各个钟点里各式各样的她。
想着亲密无间时原始的快乐和疼痛。

又想着他在别处吃饭喝水与人把盏甚至
约会，想着一切与他关联的事物。
这些想都很美，都是那个夜晚的延续——

他莹白的身子在明朗起来的曙色里，
光影一样流转并回闪，下一刻也会消散。
还有交织的绚烂，一朵火与另一朵火。

这是命运给她的专递或最后的善意。
这是欢喜，如此极致。最好的
蜜意最好的他，相聚的短暂不算什么。

这又像是一场仪式，从此她安心步入晚年，
专注于一个夜晚的真实与虚幻，
专注于他。直到他走得足够久，

让爱恋足够陈年，也足够怀想，
各式各样的想，各式各样的离开。
他一次次挥手，每一次都是永别。

南方细雨中的高铁站

南方细雨中的高铁站，巨大的门厅隔开
水雾迷蒙和一张张模糊的脸庞。
他在其中，望见她又一次挥手。

其实她从不曾离开，她就在他身上，
随手一翻，哪哪都是她，哪哪她都在，
许多的她，在爱意缠绕过的任何地方。

这都是他费神置放的，也算是有备无患。
每一次旅行就是一次出走。他反复地来去。
现在，他不再是独自一人。

她留给他许多个她，每一个都是满月的酒杯，
让身心满溢。时间的皮擦会消隐它们，
又很快给它们新的充盈。

他至今对她一无所知，爱真的可以简单：
天下只有一个男人是他，
天下只有一个女人是她。

剩下没有性别的旅人。他在其中路过，
哪哪都是路过。偶尔向一位自带折叠小凳的
同行致敬，向角落里的惬意致敬。

有一天他将脱下尘世的衣裳，飞向她。
其实不是飞向她，是带走许多的她。
一次真正的离开。这一天会很快。

飞过漫天空荡飞过迷蒙。是否也要带一张

折叠小凳？在晚霞撑起的歇脚彩帐里，
他一个人的天堂之旅已慢慢开启。

荒　凉

她注定是荒凉的，
内心的戏剧无人参与。

但仍可以上演，比如这样的对白：
"你真是好有味。"
"像那些止不住倾倒的酒液？"

仍可以有这样的回放：
事后，她同样点燃烟支，
让灰烬窝在他的掌心。

仍可以有这样的相逢：
无意中路过一条陌生的长廊，
看见他正垂头点烟，神情索然。

仍可以有这样的收场：
他一次次在背后拥吻，匆忙而慌乱，
然后是告别。再也不见。

注　定

她用命写了一首诗。用所有的颜色
押了春天的险韵。他读不到
或者无法用命解读。

她用命喝一杯酒。酒里流水与月光
零落又伤感。还有一两句酒话，
他听到了，却不在现场。

她用命完成了一场爱。痛和缠绵，
让世上所有的藤蔓都显得虚假。
一次注定的虚妄之旅。

也许还有不甘，这让她的愿望更像是
赴死之念。并且与尘世的情爱对立。
好在她终于没命了。终于没命了……

湖　边（外四首）

灯　灯，现居杭州。曾获《诗选刊》2006 年度中国先锋诗歌奖、第四届叶红女性诗歌奖、第二届中国红高粱诗歌奖、第 21 届柔刚诗歌奖新人奖，参加《诗刊》社第 28 届"青春诗会"。出版个人诗集《我说嗯》。2017 年获诗探索·人天华文青年诗人奖，并被遴选为 2018—2019 年度首都师范大学驻校诗人。诗集《余音》入选中国青年出版社 / 小众书坊"中国好诗 第五季"。

水的栅栏，光线的老虎在走动。
我再次感觉到群山
和更高远，未知的事物。

我把我，推了出去。

马影湖

我无荡气回肠，我有
千回百转
琵鹭啊，豆雁啊，小天鹅和白鹭

你们湖边低头觅食的身影

都是我放牧的马

静止在黄昏：世界欲言又止的唇边。

鄱阳湖

赤麻鸭带着落霞飞上天际，鹭鸟带着经验

又飞回

运沙船的沙子，无一例外

看见了湖面上金光闪闪的宫殿

我为湖水的善意而激动，我为我从望远镜里

看见山脉温存

夕阳慈悲

我为它们同时

置身于一种温暖的情境中而激动——

激动的还有风

它从更远的地方来，从我们从未在场的

岁月里来

湖水涌动，犹如我思

借着暮色：

我洗心，洗墨，洗岁月。

清澈……

读沃尔科特，读白鹭
读星辰
月亮，史诗，荒蛮，信仰和文明
是一样的

所有遭受的，我们还要领略
还要领略的
是你从不肯与自身相见

那些清澈。
和——

那些清澈的来处……

戏中人

孤独收获了月亮。水龙头呵斥了江河。
戏中的人，唱词悲愤，婉转
如果我要让他活下去，如果他执意
一死再死，一再活成
我们每一个人
如果我的听力突然中断

如果我凝神

看见死去的人，死去的物种
都有相同的小命运
抛出的水袖，在山顶，在云端
迟迟不肯认领结局

我空有一颗山水之心
我空有一颗悲悯之心
我空有一颗诗人之心

每一株草木都留给我温存（外四首）

吕　煊，浙江永康人，中国作家协会会员。诗歌写作是他在人世间生存体验的高度概括，自由、唯美，渴望在这里得到重新归序和安抚。出版有《吕煊新诗自选集》《我就在广场南面写诗》《悲伤只是一种隐喻》等五部诗集。现供职于浙江某报社。

这里的每一滴露珠

我都能道出她们的敞亮和晶莹

在这里　我从一泡茶水里

喝出兰花的香味还有倒茶妹子的野趣之美

我熟悉这一方水土的成色

在西溪古镇　这里的草木是香甜的

饥饿的味蕾曾将这里的女子 塑造成腰姿纤细

农田上插秧机前 她们抛洒秧苗的弧线

比孤烟还圆　我曾陶醉

古典与流行的田野是如此的迷人

多年后我站在西北大漠的暮色里

起伏的红霞再次呈现故乡遥远的清凉

热爱是我对故乡最重的抒情

这里的每一株草木都留给我温存
让我学会敬仰 学会低头

再上龙井村

龙井的山峰很奇特 在西湖边

浓密的树林遮掩它的倾斜

从上而下的风 隔开盛夏和秋天的吵闹

秋天的龙井满眼都是祥和

她铺开一年里充盈的美好

我喜欢山路两旁的桂花 有金桂也有银桂

花香浸泡在草木枝头的露色里

龙井山上茶树是第一位受益者

龙井村先有名还是龙井茶先出名

世人都已经放弃追问

这在西湖西鸡冠陇

剩下的只有水声和安宁

来杭州二十余载 我第二次踏入龙井村

那些门楣上新旧的门牌

多像我的人生 我跟它们一样目睹了龙井村的巨变

性急的大妈已经学会安静地等待顾客上门

此起彼伏的卖茶声已经褪色成一种记忆

秋天 在茶树的叶子上折射凉爽的篇章

贴沙河上的鸟

每天早上路过贴沙河
每天都能遇上守护在这里的一群鸟
晴天它们在河面上飞翔
下雨天它们就在河边的树上孤立着
很像从水面突然冒出来的一个个拳头
庚子年的春天比较寒冷
厚厚的大雪覆盖了人们的眼睛
今天看到阳光
让我想起了上班路上的贴沙河
当然还有河面上的那一群鸟

布谷村有一面湖像镜子

中年的山水里
若再盛放爱情
似乎违背显山露水的原则

汤江岩上隐含的寺庙
可以用皴的技法
鼓的声音就需要智慧和远见了

我站在芝麻的白花前

细数远处的流水

平静的湖面 是否抚平谷底暗藏的蛟龙

那些在我们到来时

早就皈依五指山上的布谷鸟

它们神奇的言说 浇灌着这里的植物和水稻

布谷村有一面湖像镜子

边村戏台的斜角望出去就是海

金黄的高贵 在这里没有躲藏

那些黄金就像文字撒在祠堂里

正中的戏台比黄金更费功夫的

是对过往的精雕细琢

边村的祖上是会过日子的智者

戏台上的每一根大梁 每一个皱褶

都有义务承担历史浓郁的包浆

边村先人的楷模

像木雕里的人物一样丰满

一笔一画 彰显昔日的风华

黄金雕刻的戏台

寂寞 是大山里活着的样板

多久没有浓妆的戏子登台了

庚子年的六月我用目光

抚摸着戏台上的每一个木榫
这多像复杂的内心 四处蔓延
最终抵达纹丝不动
任凭岁月极度的诱惑和侵腐

我最后放弃登临
边村戏台的斜角望出去就是海

故乡之藤（外二首）

元小佩，浙江温州雁荡山人，现居杭州。任职于浙江育英职业技术学院高等教育研究所。喜爱文学，2015 年获"杭州之歌"诗歌赛二等奖。

搭个架子
让蔓延的思念有所依托
根已扎在这片泥土里
在翠绿中盛开出殷红来
我要把风景
图画成最醒目的记忆

即便是鸭棚或狗窝
也要装点成
最诗意的家
青山不改 江海依然
碧空悠悠 半月淡淡
老井深深

揉个汤团 团团圆圆
转转走走 走走转转
从起点到终点

从逐梦 筑梦 到回梦
一圈后，我还是把心留在这里了
我的故乡，我的家
就像年深月久的古井水
那般甘甜 滋润我一生的情怀

梦中江南

恍惚在梦中
步入世外的桃源
悠长悠长又寂寞的巷子
黑白两色的简洁与典雅
我似乎是与江南撞了正着
清寂中的落寞，清新中的怡然
那巷子，那林荫
似乎来过
密闺里的暗香，别样的水光涟漪
故事里的故事，图画中的图画
与江南，梦里梦外
我早已熟稔

把眼帘慢慢合上
我又跌入沉沉的梦里
那暗红的木箱
还在散发着樟树气息

暖暖的光，可触摸的温度

与梦里镜里

我辨别这似曾相识的地儿

温文尔雅，聚朋兴会

个中有我，有白鹿

与江南与民国的江南

重会在梦中

凡界已红尘滚滚

我梦独清晓旧事

落魄也好无为也罢

我愿酣睡 不复梦醒

我在春天等你

余杭，我在春天等着你

沿着苕溪的曲水

我们一路溯游而上

清浅的水里有芦苇摇曳

这里风和日丽

初开的花是那么鲜

初生的绿是那么养眼

春天的洁白与蓝天相得益彰

余杭的故事一串串

等候在古桥

就像入了画里一般
愿心纯净得像春天
所有努力的真心都有所回报
一切的一切，要有所感应
春天，我在余杭等着你！

黑山谷（外三首）

赵国瑛，男，1963年生，浙江诸暨人，浙江省作协会员。作品散见《江南诗》《星河》《扬子江诗刊》《延河》《浙江作家》《文学港》《西湖》《品位·浙江诗人》《浙江日报》等。已出版诗集《随心集》《在低处徘徊》《不同的风景相互注视》。现居杭州。

黑山谷的当家人是一条小溪
日夜喧闹不停
每片绿叶都是青山的耳朵
听惯了这熟悉的乡音

流水和石头恩爱了几辈子
你难以从他们的笑声里
掏出甜言蜜语
小溪两岸除了浪花
已开不出别的花

四面八方的水在小溪的带领下
匆匆行走
我不能停步，不能眼看

山岗上的白云一秒一秒地老去
滑落秋天的肩膀

天坑地缝

白云丢失的斧头此刻
握在秋水手中
洞中神仙硝烟四起
除了一壶酽茶
再无一人观棋

岩石体内奔跑着火焰
流水一路练习飞翔
在小草身旁我看见甲壳虫
驮着沉重的行李
又一次告别故乡

峡谷浩荡，树叶一遍遍书写春秋
不断有水滴飞流直下
让缄默不语的群山一吐为快
低处的阳光来不及更衣
便化作一缕彩虹

山鹰进入客栈，酒旗飘扬
风招呼客人也有独到之处
夜色准备的晚餐在屋顶生长

天空幽蓝，高朋满座

没有一扇门可以将从未见过的事物
关在门外，无论我多么安静
卵石手捧经卷顾自吟哦
无始也无终

手　语

湖边没有谎言。鸟鸣
风吟、松涛都是
探出头来的故事。
长桥静卧碧波，
天国的马车穿过她大理
石般光洁的身体。

被山挽留的湖水身怀六甲。
"啪"的一声，一条大鱼
击碎阳光，朝天空打了
一个响指。
我吓了一跳，惊动岸边的
松鼠从一棵树向
另一棵树逃窜。

打 伞

天空阴沉，
大地潮湿。
树上蝉鸣喧哗，
又不说出
是悲是喜。

正面和反面都
有写不完的爱与恨。
世事惊心，
永不停歇。

笔躺在桌上，
显然已被电脑战败。
抖音只和手指对话。

我返回内心取伞，
无论晴天
或雨天，它将以同样的方式
打开。

与空气一起燃烧（组诗）

王学斌，浙江仙居人，浙江省作家协会会员，出版诗集《生
活的缝隙》。现任职于仙居县教育局。

苏　醒

春日，水的苏醒，宣告
一个季节的复活
最先知道的，是在水里游荡的鸭子

满山坡跳跃的阳光
铺展一个背景
一粒蛰伏的种子
在详尽阐述一个完整的过程

苏醒，并非总是与灰烬、火焰相伴
即使隆冬
也会有惊雷在远处敲打神经
让沉睡的人
增添一丝莫名的兴奋

石 子

那颗捡自溪滩边的小石子
被溪水反复冲洗
仿佛要见证什么
把过往的事情藏在深处

随手一捡，整个溪滩的秘径
就这样被打开
流水的声音显得更为清晰

放在书桌上的小石子
流水无法冲刷
静静地，与记忆达成和解

一截枯木

最寻常物件。在路旁
被杂草缠绕

一截枯木，仿佛从来如此
仿佛一直要存在下去
内心的蓬勃无人知晓

凝视久了，似乎听见喘息
好像看见动了一下

草枯萎又翻绿，木头静止
值得信任的简单
不断撕开一些看法

直到它脆成粉末
直到毒菇开出奇异的花

抵　达

直到尽头，废墟的
边缘。在远处，在迷雾中
总有一个方向
却难以确定目的地
芦苇中的鸟雀在上下翻飞

如果用一支饱蘸墨水的笔
向白纸的深处行走
会有星光闪动
邈远处的声音优美，犹如夜色

犹如记忆能够返回，跟随候鸟
抵达源头。那里
有着无法言说的洁净

呼喊一场雪

某个阴冷的下午，呼喊
一场雪的念头，强于追逐晴天的影子

雪落下，覆盖需要安抚的事物
也会隐藏许多秘密。冬天显得宽厚
而雪夜归来的人，一身寒气中
有着凛冽的经历

村庄外，雪荡涤一切
电线加粗，仿佛整个村庄需要
巨大的能量，而有些线条消失不见

火盆里的炭火容易恍惚
忽明忽暗，探究冬日的寒冷
寒风有始有终，从村外开始，止息于
火焰的四周

此时，众多的动物蛰伏视线之外
猎人深陷林子里，蛇在冬眠
冬日的暖阳在炉火中

三、亲爱的幽静

大雪只是把我洗干净了（外二首）

黄亚洲，诗人、作家。浙江杭州籍。曾任中国作家协会副主席、浙江省作家协会主席。现任中国电影文学学会副会长、中国作协影视委员会副主任、《诗刊》编委。已出版诗集、散文集、长篇小说等四十余部。曾获第四届鲁迅文学奖、首届屈原诗歌奖银奖、第二届李白诗歌奖金奖。

大雪只是把土地漂洗了一下
哪怕再猛烈，哪怕把鹅毛的概念全部借来，哪怕
把土地压在身下喘不过气，鼻孔都不让露出

其实心里明白，从来没想过土地是洗得干净的
兽在洞中假睡，蛇在梦中发情
只是一些甲虫被摁死，只是用肤浅的道德
擦拭了一下土地的皮肤
手势柔和，如白衣护士

当然，会有一些干净的禾苗冒出来
鹅黄的芽尖是白雪的变色
至于其他的，全是老样

洞穴连着洞穴
社论接着社论

大雪只是把我洗干净了
哦，我多么愿意长出童年的冻疮
多么愿意看见一辆手拉车过桥上不去
我去推
晚上，再把自己推进自我表扬的日记

大雪只是把我洗干净了
幻想连着幻想
挫折接着挫折

给忏悔一次机会

为了给忏悔一次机会
我会趁夜，走近欲望的水潭，窃一罐水

用来解渴，还用来洗眼、洗脸
最后，迎头冲淋

我会给一次忏悔做好铺垫
用红尘洗澡
让自私、低俗与猥琐，泛出很多泡泡

忏悔，一件多么有正能量的事情

忏悔能拉直人生的之字形
为保持忏悔的美誉度，我愿意披肝沥胆
直面灵魂

长长一生，谁不潸然泪下痛哭流涕几次
与欲望难分难解，才是完整的人

此刻，我感觉自己变得干净
就如泰戈尔笔下那位头顶瓦罐的汲水姑娘
每次走向水潭，步姿从容且优雅

水的名字

水在陆地上走路的时候，它的名字叫作河
或者叫作江
水在海洋里走路的时候，它的名字叫作浪，或者叫作
鲸鱼的喷泉

水受迫害，或者被人暗中踹了一脚
它就改名，叫作瀑布
水结婚了，生了小孩，它也会改名字
叫作三江口

水流在我脸颊上的时候，肯定是
祖国有大事发生了
肯定不是我个人的失恋，或是小花小草的失落

它改名为泪水
一个国家在我脸上流淌

水改名为屈原的时候，它所有的水花
都会奔腾起粽子的形状
龙舟都追不上

在孤独的大城市里看月亮（短诗六首）

刘　川，祖籍辽宁阜新。偶尔写诗，偶尔写其他文字，皆无关紧要。

在孤独的大城市里看月亮

月亮上也没有
我的亲戚朋友
我为什么
一遍遍看它

月亮上也没有
你的家人眷属
你为什么
也一遍遍看它

一次，我和一个仇家
打过了架
我看月亮时
发现他

也在看月亮

我心里的仇恨
一下子就全没了

好人与坏人

好人以好
坏人以坏
进行 PK
已逾万年

好如短刀
坏如长矛
各有所长
各有所短

有时杀红了眼
刀和矛混作一团
有人先使刀
后来换使矛

有人先用矛
接着又使刀
哦，这场激战
结果至今不详

上
辑
——
三、亲爱的幽静

香烟赋

用上一支烟
点下一支烟
烟是火种
火种，也是烟

一个男人
叼着烟
不，长夜里，他在
保护火种

所谓的名人，你们不用再争吵了

我不反驳你们
但关于人的名字
留在世界上时间的长短
我仍然觉得它完全取决于
该名字刻进墓碑的深浅

一对夫妻

看不见铁链
但一个一生
都拴住另一个

如果其中一个
心思野了
不小心
挣断链子
甩开另一个
又会怎么样呢

此人一定会被人们
狠狠地骂
狠狠地骂
狠狠地骂

看上去人们
像在维护
这个被抛下的人

又像在维护
这条铁链

认　识

不认识的人
见面多了
一个一个
就认识了

一个一个
认识的人
交往久了
有一天，连内心也看见了

认识的人
就
一下子
又不认识了

七月诗：回到世界上来（组诗）

余　怒，当代诗人，著有诗集《守夜人》《余怒短诗选》《枝叶》《余怒吴橘诗合集》《现象研究》《饥饿之年》《主与客》《蜗牛》，诗论集《诗的混沌和言语化》和长篇小说《恍惚公园》；先后获第二届明天·额尔古纳诗歌奖、第五届《红岩》文学奖·中国诗歌奖、2015 年度《十月》诗歌奖、第四届袁可嘉诗歌奖等奖项。

七月诗：回到世界上来

在自然中，我最乐于感受风。（有人用风筝
去试探风，直观地看到——风悬停在空中。）
快乐体验如何表达？公式化的散步、跑、祈盼
谁谁的爱抚。与拥有秘密者古怪地一致这一点
显得幼稚。也显得庸俗。像步出酒店的人打的饱嗝。
心情不错时，他会停下来，同街头乞丐说说话儿。
自然状态的监禁与抗拒。见到一条眼镜蛇，盘在
路中央，缠着它的猎物。它的大眼睛盯着你。你
走你的，不必驻足。（何以把握现实？那是艺术。）

我是某一种类型的男人：常常衡量我至多愿意承受
什么样的惩罚使我不断欣然试错。"让自己回到
世界上来，完整地、全部地。"清晨，半梦半醒间，
我每每以为自己死了，或正在死（时而还骄傲，
以为遥远处有一个丰美富饶的女儿国在聆听我）。
七月中，蜂蝶停憩在草尖。暑热在加剧。空气中
有一半是虚无：我假想着在那片虚无上滑行。而比我
更疯狂的男孩们，径直将气垫船开上足球场的草坪。

八月诗：孔雀不是飞鸟

孔雀怀着忧伤，我认为。八月，它是我喜爱
的一种鸟儿。迟钝、弱直觉，更安静。仿佛
是对"我是什么"的回答。画一张它的分布图，
非洲、大洋洲，炎热之地（主要集中在沙漠国度）。
在古老集市上，人们互相攀谈，互相设问。许多
在我们看来很离奇的问题被他们一遍遍重复：
"我们被割让了？""这只是买卖？""谁理得清
人生的果和因？"他们最终希望免于这么活着或
那么活着，闭目选择"是"或"否"。男孩被拴在
木桩上，治疗他的过动症。女孩到了怀孕的年龄，
变得深情款款，但诚实的身体一次次证明她错了。
生存变得糟糕，从天上来到地上，像孔雀。"但这
并非我想要的——孔雀不是飞鸟而我也不是她。"
在环球旅行中，我与不同地方的异乡人亲密相处，

学他们的礼仪，穿他们的服饰，借此体察他们的
内心：孔雀的气味。体臭。混合了暑气和人类的热病。
其他飞鸟如长喙鸥、巨爪鸟，也只有被催眠着方能飞。

回想之翼（外五首）

蔡天新，诗人、作家，浙江大学数学学院教授。近作有《小回忆》《我的大学》增订版，《日内瓦湖》《26城记》《数学与艺术》《欧洲人文地图》《美洲人文地图》，主编《现代诗110首》（3卷）《地铁之诗》《高铁之诗》。

当我忆及遥远的往昔
怀着兴味，听从幻想的劝告
一双因患冻疮而肿大的手
在白色的窗帘布后出现
一位死去很久的亲人的脸
一片淡紫色的幽远
被一个感觉的鼹鼠丘破坏
像一座石板地的旧式楼房
以此伤害了黑夜的眼睑
一把精心制作的扶手椅
和一个并不丰富的藏书架
回想之翼的两次扑动

疑　问

把头伸出有铁栏的窗户外
把椅子敲碎在膝盖面前
冬天的风从梧桐的肚皮上溜走
落叶的影子在泥土上摇曳并消失
犹如雪飘在湖上被水溶化
大人物坐着轿车去上班
孩子们被一个个小小的愿望驱赶
我们活在这个世界上
像一梭子弹穿过暗夜的墙

梦想活在世上

树枝从云层中长出
飞鸟向往我的眼睛

乡村和炊烟飘过屋顶
河流挽着我的胳膊出现

月亮如一枚蓝蓝的宝石
嵌入指环

我站到耳朵的悬崖上
梦想活在世上

在水边

黄昏来临，犹如十万只寒鸦，
在湖上翻飞；而气温下降，
到附近的山头，像西沉的落日
消失在灌木丛中。

我独自低吟浅唱，在水边，
用舌头轻拍水面，溅击浪花。
直到星星出现，在歌词中，
潸然泪下。

最高乐趣

请客人们旅行吧
美丽的金斑蛾
鼹鼠绯红的手

开蜡花的灌木丛
小溪的喧响之流
青草在身后起伏不定

人们在树上涂抹糖浆
罗得之妻在逃离时回望
顷刻化为一根盐柱

夜晚不知道夜晚的吟唱
孤独不知道孤独的美妙
没有时间的最高乐趣

尼亚加拉瀑布

蓝色之上的白色
被蓝色包围的白色
像沉溺于梦幻的死亡

鸟的羽毛多于游人的发丝
鸟的嘴唇比情侣的嘴唇
更早触及云母的雨帘

我随意说出几个名字
让它们从水上漂走
和黑夜一起降临

一枚失血的太阳颤抖了
向死亡再进一步
一千只冰凉的手伸入我的后颈项

诗 匠（组诗）

向以鲜，诗人、四川大学教授。有诗集及著述多种，获诗歌和学术嘉奖多次。20 世纪 80 年代与同仁先后创立《红旗》《王朝》《天籁》和《象罔》等民间诗刊。

棉花匠

迄今为止，我仍然以为
这是世上最接近虚空
最接近抒情本质的劳动
并非由于雪白，亦非源于
漫无边际的絮语

在云外，用巨大的弓弦弹奏
孤单又温柔的床笫，弹落
聂家岩的归鸟、晚霞和聊斋
余音尚绕梁，异乡的
棉花匠，早已弹到了异乡

我一直渴望拥有这份工作

缭乱、动荡而富有韵律
干净的花朵照亮寒夜
世事难料，梦想弹棉花的孩子
后来成了一位诗人

钢筋匠

断线的身体一直向下落
自由地落，无常地落
牛顿的苹果也在落
山中的芙蓉花也在落

快要接近地面的时候
他看见一大片明亮的森林
那是他亲手用电焊火花
心血和几个月薪水浇灌的

没有不落的太阳
自由地落，无望地落
钢筋工人落在钢筋上
密集的螺纹穿透五脏六腑

这样的安排，也好
把生命之轻插在自己的杰作上
像一个高僧，把自己插在
从深谷拾回的柴火堆上

手影者

把自己想象成黑暗幸存者
想象成光明的扼杀者
其实都是一回事儿
心思叵测被藏在掌握里

多少灿烂的青春或野心
被暗地修枝删叶，被活生生
剪除怒放的羽翼和戈戟
现在，就只剩下这些

胡狼、山羊、灰兔、狂蟒以及雄鹰的
躯壳！它们在强光中变薄
比剪纸和秋霜还要薄
再粘贴到暮色与西窗上去

秋风一吹就会立即烂掉
所有幻化的黑，刹那的黑暗轮廓
均来自于同一个源头
惟妙惟肖的影子催生婆

掌上升明月，倒映着爱恨
反转着万种风尘

恍惚之际傀儡露了真容
影子派对还真是别开生面

夜幕呼啦啦炸开一角
华灯未亮，指间峰峦如点墨
出神的影子来来又去去
那些，掌控万物的谜底何时破晓

柳树下的铁匠

除此之外再无景色可以玄览
四月的柳烟，七月流火
再加上两个伟大的灵魂
一堆黑煤半部诗卷

擦响广陵散的迷茫手指
攥住巨锤，恶狠狠砸下去
像惊雷砸碎晴空
沉闷的钢铁龙蛇狂舞

还有，亲爱的子期
我鼓风而歌的同门祖先
请用庄子秋水那样干净的
喉咙，那样辽阔的肺叶
鼓亮炉膛

来！一起来柳树下打铁

吃饱了没事撑着打

饿死之前拼命打

这痛苦又浮华的时代

唯有无情的锻炼才能解恨

你打铁来我打铁

往深山翻卷如柳绦散发

打了干将打莫邪

向无尽江河萃取繁星

世上还有什么更犀利的

火舌在暗中跳跃

在血液里沸腾尖叫，好兄弟

火候恰到好处，请拭锋以待

割玻璃的人

手中的钻石刀

就那么轻轻一划

看不见的伤口

纤细又深入

如一粒金屑

突然嵌入指尖

你感到如此清晰

疼痛 是一种词汇
而血则是虚无的意义

清脆的悦耳的断裂
在空旷的黄昏撒落
却没有回声
声音的影子似乎
遁入雕花的石头
这是你最喜爱的声音
纯粹、尖锐而节制
午夜的钟或雪花
可能发出这种声音
那时你会醒来
并且精心计数

你是极端忠诚的人
几何的尖端常常针对你
准确的边缘很蓝
你感到一阵阵柔情四起
那是对天空的回忆
设想一只鸟
如何飞进水晶或琥珀
鸟的羽毛会不会扇起隐秘的
风浪 让夜晚闪闪发亮？

当浩大无边的玻璃

变成碎片
你想起汹涌的海洋
想起所有的目光、植物
都在你手中纷纷落下

大地在雨中攀登（组诗）

桑　子，诗人、小说家，祖居绍兴。系中国作家协会会员，著有《永和九年》《栖真之地》《德克萨斯》《雨中静止的火车》等诗集和长篇小说十余部，获第七届扬子江诗学奖、第二届李白诗歌奖·提名奖、第十二届滇池文学奖、《文学港》年度文学奖、浙江省作协 2015—2017 年度优秀作品奖，入选中国作协重点作品扶持项目。曾参加《诗刊》社第 29 届"青春诗会"、鲁院第 31 届高研班。

黑夜是最开阔的洼地

骑士能在世间得到恩赐
但尘世一直是他的心病
他迷恋维纳斯，热爱名声也贪慕虚荣
骑士为武器沉迷，武器就是他的主人

骑士在广袤的夜
那时，狄克提斯还不是克里特的英雄
桑树结乌黑的果实，荆棘顺从了墙根

枯萎的叶子在掉下来，全与爱情无关

夜里行走得慢些
故乡很小，在野薄荷的清凉中
我们不凭先见与旧识通晓将来
马是伤心的，屋子是黑的
夜是孤独的，白色的月亮落到树上
像一只白色的鸟，哭过的地方开始泥泞
日落以后，世界又旧又荒凉
像十一月的墓地

我花园里的花只在夜里生长
它们像我一样孤独
我有灰色的院墙和灰色的猫
路过此地的人都是圣人
不能到达的地方就是将来
镜子的那一面肯定不是我
黑夜是最开阔的洼地
伊斯特利亚已衰亡，城堡正在变成废墟
死囚的脚步已经走远

有一天，大海江河也会消亡
但蔚蓝之后更是无垠的蔚蓝
啊，蔚蓝，赤裸裸梦境之上的蔚蓝，你好！

蜜蜂毛茸茸的脚趾

桃花附在阳光温热的皮肤上
雄蕊和雌蕊保持四十五度角
它们一整天都在埋葬自己的兄弟

鸟儿在枝头采集
人类为它们取了名字
可以知道它们在大地的哪个位置

但桃花无处不在
这是它们的迷人之处
蜜蜂毛茸茸的脚趾挂满了纯净的桃子

桃花站在青铜色的枝头
等着授粉者来拘禁它们
就像所有深刻的东西一样
你需要一本野外生活指南

阳光让人熟视无睹
区别只在于阴暗面
每个年代的桃花都很漂亮
它们是大地全部的生育能力

交给每一个过路的人

每一天的终结
沉重得足以流泪
涌动的黑夜多么无望
没有任何倾听者
无知在折磨已知
谁在修补无边无际
山顶的积雪正在融化
它们将成为真理的河流
交给每一位过路的人

红蝙蝠倒挂在夜的广场
澄亮的翅膀
天空的兄弟
正在高处燃烧
咬破的唇鲜红保留了纯粹
每一颗星星都应该熄灭
枯草堆上我们乱蓬蓬的负担
请收下这看不见的暖洋洋
孤独困在自己的迷宫里
寂静把那夷为平地

盲目的天空不需要牺牲
大地才是永恒的十字架

那些炮仗花

建筑师被封进密室，无数的年代
炮仗花从蠕动的浆液中得到命令
从火热的夏天攀援过来，成为铁桥、悬梯
和烟囱的守护者
以雕花石头作为城墙
秋天伟大的统治力

令所有的风景都回到了起点
太阳驾着马车
一觉醒来就来处理棘手的事
主人很久没有回来
风声越来越大，野地越来越膨胀
炮仗花长着神的触角
带着百花的奇香
一列列士兵如绣工严苛的针脚
荆棘生了锈

倘若世界之火熄灭
炮仗花将在灰烬之上布局
时间是另一条河，空间是另一座城池
梦将自己交给另一个梦
冰与火同样炽烈
太阳召集的盛宴必定留下大地的重量

昆虫用尽一切手段也不能让天空放晴

朝向太阳，是士兵的信条
炮仗花挨着大地把太阳安顿了下来
它们在黄昏破门而入
点亮情人的头发，黑夜波浪汹涌
明亮的雄蕊和雌蕊
避免万物陷入歧途
所有的名字都可以被忘记
它们会复活在从没有生活过的地方
落日熔金，我们成为另一个人
炮仗花成为明净而神秘的火焰，在
黑色的花园熊熊燃烧
和着众人的血和姓氏

空房子

当酷热流淌在发白的小路上
花园里直行的车被卒刺杀
突然的阴影捉摸不定，颇似一堆灰烬
世界在变形
透过时间我们看到可疑的光
这是空间的秘密，暗影就是众人

空房子自卑又寂静
柱廊油漆开始剥落

展示出慵懒的弧度
混乱带来了秩序
远方撑开天空的四角
太阳为什么高悬

如沉重的蜂房陷入干燥的正午
我们脚步轻响
在悉悉声中互相指认
空房子旋转的楼梯在开花
很吓人地开花，炽热而固执
光渐亮，有把我们变成石头的神力

拾阶而上
上百吨的蓝倾泻入屋内
我们浮起，像墓穴中突然渗入阳光
啊！阳光
我们在阴凉处坐了下来
目睹自己活在这世间

雪的慢板（外三首）

周小波，杭州人，60后。写诗，发表在各大报刊，现做诗歌
编辑。

雪，脚步很轻
忽略不计的轻，却排列着最大成分的欺骗
你所见的，并不是你所想的
细腰的风此时显现了赤裸的扭动
雪花篡改了水的方式
灵魂的翅膀没有干
绵软的意象从童年缝隙里挤出了水分

雪天，诗是个病态的孩子
努力架构着那些丢失了温度的手

只有一些爱，热切地活着
可以去思念
思念那些魔性的细节
或者，从梦里触碰一下丢失的痛
让神来提示我们寻找的目标
雪的故乡来自天堂

雪另一个叫冰的兄弟
潜伏在路上，比故去的声音更滑

夏说：未知和已知都是流言

光线越来越硬，碰撞得叮当作响
北斗指东南，夏已至

左耳和右耳的遥远，在星辰相对的空间里
那里有一条诡异的路，它不在南边
不在北边，也不在西边和东边
不弯曲，也不笔直
薛定谔微笑的猫，在不确定中攀爬
夏日的长凳上坐着
那些未知的暗物质，没有面孔

夏是个风流的季节，虽是卫道士的贬义词
但生命幸有风流而得以延续
女子也会穿上短衫短裙，蝴蝶一样花哨
男人沉沦在荷尔蒙里
加些存在主义的盐，在毫无意义中活出精彩
让青春的泥巴沾上记忆的脚丫

夜在打折，夏至后的白昼长了尾巴
擦身而过的风磨着刀，磨着磨着天就亮了

夜　宿

薄衣挡不住颤抖泡上了嘴唇
挡不住冬天的小尾巴，又甩了回来打脸

那就喝酒取暖吧，没有菜
就想象着肥美的坛子肉诱人抖动
或用耳朵听江鲜跃出月光
宝哥、江兄端起杯子
咱们已喝到了革命的层面上，友情才是大餐

长条凳分割了城市和乡村微弱的界限
屁股还要保持不翻船的警惕
你不起来，我不会跌下
生活的歧义，把时间喝得斑驳了
凌晨 4 点半，兴致潦草，酒意飞白

在梁家墩 38 号
所有的酒瓶躺倒后，我们也躺倒了
盖着凉风的被子
把呼噜声打出音乐，配着梦里的诗
画外音：问渔兄不问渔，他只问诗写了没

听　潮

在江边，矮下来的黑和冷交织
禁锢了所有的风月
没有三弦、没有小鼓的助兴
吟不出钱王射潮挽大弓的气势
可身后的蛙鸣，存入神秘耳蜗的迷骨路

月是涌潮秘密的情人，女神勾引
江水竖起，唱着进行曲
夸张的自白跌痛了诚实的浪花
风竖在刀口上，充当英雄的赝品
把春切成一片片哆嗦的修辞

站在江边，你不说话我不说话，听潮水说
寂寞是一件宽大的睡袍
即使喊出你的名字，里面也空荡荡
冷风翅膀歪斜
乌鸦般飞上了星星闪烁的枝丫

生灵物语，小螃蟹横行快跑
卡在石缝里的影子扭着臀，等潮钉进去

山中写意（外五首）

张明辉，笔名江南冰雨，70 后，浙江温岭人，浙江省作家协会会员，温岭市作家协会主席，入选浙江省第三批"新荷计划"青年作家人才库，著有散文集《寻觅江南》等。

居于雁山谢公岭
我的清梦常被一只鸟唤醒
随后更衣，洗漱
步出庭院
山中古道，风摇枝叶
竹弄清影
置身于草木，花鸟
鱼虫的世界
我在呼吸，与山心意相通
我在行走，草木也在行走
我成了山中微小的一部分

运河边的喀秋莎和一只水鸟

运河里的运输船在突突驶近
桥下，河水在晃荡
波浪的色彩在不断加深
行道树的倒影扭曲，变形
晃动的碎叶间飞出一只水鸟
它拍打浪尖的声音，恰似
河岸边传来喀秋莎的乐音
激昂、欢快、奔放，水涡旋转
如一朵盛放的水莲
运输船在突突驶近
水上舞者的姿势在不断变换
它在水中沉浮，出水的模样
像极了，拖着
一串长长的尾音

在水汀，遇见一只白鹭

是谁在召唤，明镜的河流
秋日之歌
碎雪的白鹭，在水汀
在我眼光滑落
泥泞中抖动翎羽，伸长细颈

挪动竹枝般的细腿
跳起了旋转舞步
我用目光触碰，警觉
战栗
随后再次掠过水面
曼妙的身姿，静态飞翔

冬日入山林

山林肃静，落日
将天边染成粉黛
夜色闭合，即将启幕
另一场晚宴

明镜悬于虚空
山风清冷，灌入衣襟
顺便将所有的草木
清洗一遍

半山染霜，跃过眼尖
山径通往高处
有谁听见，这归鸟的诘问
与落叶的回答

大雪日

南方小城，大雪日无大雪
仿若前朝的节气与己无关
山风清冷，行人渐已稀少
而我却独享山林，在这
不设防的山间游荡
鱼虫安于水土，草木并无悲喜
松针和坚果终将化为腐朽
唯有周遭的雀鸟耳聪目明
在这清寂之地尽情撒欢
心性本自在，隐于碎叶间

枯　坐
　　——致洪迪先生

足不出户，枯坐
研读经史子集，兼写诗学
疲惫的眼，偶尔会打量
窗外，以及远山

一只鸽子，从故纸堆飞出
在风中的高檐，孑立

如我般享受孤独
默不作声

天际苍茫，清风呜咽
我在窗前一坐就是三十余年
案台的水仙花开了又谢
远山日渐寂寥，却百看不厌

鸽群在古城上方巡游
闲适如我，时而惊羡
圣洁的响翅抖动
飞掠，泼墨长空

四、身体的落叶

为弘一法师纪念馆前的枯树而作（外三首）

陈先发，安徽桐城人。鲁迅文学奖获得者。著有《写碑之心》《九章》《黑池坝笔记》等作品二十余部。

弘一堂前，此身枯去
为拯救而搭建的脚手架正在拆除
这枯萎，和我同一步赶到这里
这枯萎朗然在目
仿佛在告诫：生者纵是葳蕤绵延也需要
来自死者的一次提醒

枯萎发生在谁的
体内更抚慰人心？
弘一和李叔同，依然需要争辩
用手摸上去，秃枝的静谧比新叶的
温软更令人心动
仿佛活着永是小心翼翼地试探而
濒死才是一种宣言

来者簇拥去者荒疏
你远行时，还是个

骨节粗大的少年

和身边须垂如柱的榕树群相比

顶多只算个死婴

这枯萎是来，还是去？

时间逼迫弘一在密室写下悲欣交集四个错字

双　樱

在那棵野樱树占据的位置上

瞬间的樱花，恒久的丢失

你看见的是哪一个？

先是不知名的某物从我的

躯壳中向外张望

接着才是我自己在张望。细雨落下

几乎不能确认风的存在

当一株怒开，另一株的凋零寸步不让

———选自《巨石为冠九章》

瘦西湖

礁石镂空

湖心亭陡峭

透着古匠人的胆识
他们深知，这一切
有湖水的柔弱来平衡

对称的美学在一碟
小笼包的褶皱上得到释放
筷子，追逐盘中寂静的鱼群

午后的湖水在任何时代
都像一场大梦
白鹭假寐，垂在半空
它翅下的压力，让荷叶慢慢张开
但语言真正的玄奥在于
一旦醒来，白鹭的俯冲有多快
荷花的虚无就有多快

一枝黄花

鸟鸣四起如乱石泉涌。
有的鸟鸣像丢失了什么。
听觉的、嗅觉的、触觉的、
味觉的鸟鸣在我不同器官上触碰着未知物。
花香透窗而入，以颗粒连接着颗粒的形式。

我看不见那些鸟，
但我触碰到那丢失。

射入窗帘的光线在鸟鸣和花香上搭建出，

钻石般多棱的通灵结构——

我闭着眼，觉得此生仍有望从

安静中抵达

绝对的安静，

并在那里完成世上最伟大的征服：

以词语，去说出

窗台上这

一枝黄花

——选自《居巢九章》

陌生人更像是幽灵 _{（外四首）}

霍俊明，河北丰润人，现任职于诗刊社。著有《转世的桃花——陈超评传》《有些事物替我们说话》《喝粥的隐士》（韩语版）《诗人生活》等作品十余部。曾获国家哲学社会科学优秀成果奖、第十五届北京市哲学社会科学优秀成果一等奖、第十三届河北省政府文艺振兴奖等。

下午和下午都是相同的
只是此时
右侧的金银木更加茂盛且枝头低垂

草坪有几天没有修剪了
叶片遮挡的路面有些暗沉

现实中的园丁比去年老了一些
蓝色割草机闲置在不远处的梧桐树下

一个陌生人在前面不紧不慢地走着
你也只能不紧不慢地跟着
更像是做了一件亏心事

小心翼翼

还有几丝歉意

你不能超过这个陌生人

路面太窄了

上面都是陌生人深灰色的影子

陌生人

更像是幽灵本身

这个下午也更接近于虚无

照片中的担当大师墓

当年的纸上云山

连同大孤独和小孤独

都一起搬运到了云图中

隔着电子化的照片

我听到了你和游人的喘息

几分钟前一闪念

想起担当和尚

他的墓塔我还没有去过

你刚好发来这张照片

墓塔并没有经过滤镜处理

死亡或道义也是
而旁人和嘈杂人世
都被电子化图层过滤掉了

"看破不说破"
塔身有不深不浅的青苔
一张薄薄的照片仍然像深渊
像隔着十万八千里

那些微尘和颗粒你承接不住
一个人破碎的家世和山河也是

海　市

庚子年七月初一
偶然看到一个小视频
那是我曾经生活和工作的地方
出现了海市蜃楼
海面上增添了绵延的群山
高楼，以及隐约的行人

这座海边的灰色小城
几乎被我遗忘
在争相举起的手机屏幕中
它显得更加不真实

秩序被颠倒过来
正像孩子们指缝间那些沙粒
生活被再次纠正
越来越不真实
比如 多年前的那个海岸
儿子童年的橘红色塑料桶
八月十五之夜
海面上升起的那轮巨大的明月

数字化的石子来敲门

在手机这个无所不能的通道里
我们遇到了
越来越多的陌生人

没见过面
也不需要见面
他们在你的手机中频频造访

有时他们借助语音说话
有些声音永远是陌生的
而有些声音却像是熟识

有的声音像早年的玩伴
有的恍惚是你的领导或同事
有的则是早已入土的某个亡者

一些人隔着声音粒子
再次来到你身边
像是湖水中扔进一颗数字化的石子

不轻不重的提醒
你有了一次次
更为恍惚的时刻

他们更像是沉寂中
偶然摁响的门铃
门开了却没有人

小住或安眠都在吹袭之中

夜色里的灰暗之物
缓慢落在西南冷彻的屋顶上
这个过程无人知晓

寒冷中的人往往眯着眼
动作越来越迟缓
仿佛老年已提前到来

有些事物永远在窗口
不远不近
正如那些刺桐树不多不少

灰石路可以抵达一个缓坡
细小的事物在更多的灰暗阴影中
有些房子永远地空了出来

花萼如佛焰
灰褐色的枝干
正加重夜晚的浓度

小住或安眠在一次次的吹袭中
灰暗之物
已经开始四处飞漫

水鸟游过（外四首）

东方浩，本名蔡人灏，生于 1963 年，浙江嵊州人，现供职于绍兴市级机关。中国作家协会会员，主要从事诗歌写作，作品见于《人民文学》《诗刊》《星星》等百余种刊物，数十次获全国性诗歌大赛等级奖，出版诗集《桃花失眠》《预言》《寻找》《在江南》等8种。

一群水鸟游过　在清晨的水面
从岸边的苇草丛中
游向河中央

很明显　领头的应该是
鸟爸鸟妈
五只稚嫩的小家伙跟在后面

这几个春天的鸟蛋
在初夏时节
就这样摇摇晃晃地漂浮在水面了

此刻　它们全家一声不响地游着
没有《诗经》里描述过的声音

只有七道波纹　像诗句一样闪烁

这个早晨　我在一条河流边停下脚步
欣赏着这些远去的水鸟　而风轻轻
吹动苇叶和一朵花　也吹过辽阔的水面

分　享

我知道　那只鸣叫的鸟
一定在树林深处
一定在那棵树上

我只是匆匆路过
但我听到了它的叫声
听出了它在三月的欢乐

我也知道　它的羽毛
一定斑斓　它转头四顾的姿势
一定迷人

一场大雨过去

一场大雨过去　夜又恢复了它本来的面目
急骤的雨踩了刹车
暴烈的风藏起身影

我站在阳台　听最后的雨滴
从屋檐落下
打痛一层一层的雨棚

一座城市又一座城市
经历了春天的洗礼　一场强对流
以大雨、狂风和冰雹的形式出现

在江南的三月　朋友圈以最迅捷的速度
报告了天气的变化
关于春天　关于暴雨　关于花朵的凋零

这个诗歌日　我白天见过的那些花
鲜艳的郁金香、粉红的桃花和白色的梨花
在暴雨之下　她们的表情我该用什么诗句来形容

墨庄记

我一直好奇于这个村名
多么有文化气息与内涵
它在我们小区旁边　三四里远近
那一大片黑瓦和白墙　隐约在树林的那头

百来户人家的村子　此刻一片安静
鸡不飞　狗不叫

就连人也没有一个
整个村子 已经腾空

就要拆迁了 公交车站点站牌还挺立着
小贩不再光顾 村店关门歇业
所有的村民都已经签约离去
另投他处

空荡荡的房子 空荡荡的道路
整个村子依旧保留着从前的模样
只是没有了嘈杂的声音
没有了生活的烟火气息

只有墙上画着圈圈的拆字
像一只只大睁的眼睛 盯着我们几个闲逛的人
村中的小河还在静静流淌
两岸的地 生长着被主人放弃的豆角青菜

我不知道墨庄村名的由来
但我知道这个村子就要消失了 夕阳的余晖
斜照在梅山的西边 黄昏开始降临
墨庄真的要浸入墨一般的夜色之中

天气凉了

秋日的凉意终于开始全面入侵
走着走着
温热的身体就有了一层薄薄的凉

风吹过来
那么多的小草和树叶
在黄昏中微微摇晃

那几只白鹭　它们的飞翔
仿佛也失去了往日的平稳
而蝉　似乎有了破音

叫着叫着
蝉的声音就没有了
吹着吹着　有的树就露出了骨头

只有河水依然平静　可我知道
总会有一刻　水要落下去
石头要露出来

这是一种必然
走着走着　路就没有了
走着走着　人也都没有了

万物生长（外四首）

郦观锋，男，浙江台州三门人。

不知谁在大地上安排了这么多人
还给你生，也让你死
简直毫无意义！但，你看
在方生方死间，万物没有不再生长！

流 星

像流星
在盛夏的夜空
迅速燃烧，迅速灭亡
无须人间有一双眼睛，在望

玉 兰

窗外，路两边，玉兰自顾自盛开
根本不怕凋谢！——怕什么？
我开在此时就开在此时

才不管梅的早，桃的晚，我有我的时候

四叶参

光轻轻擦在树丛繁茂的绿上
且金色而透明并闪闪
不热，甚至微凉

绕在树干的四叶参
叶片，因日光灼灼，枯黄
败势，已从夏日最盛大之时昭显

而你，已从最年轻之时衰老

我所知甚少

我所知甚少，也
无须知多少
我一生短暂，宛如
树间风，风中尘

想起自己，就会
一颗心裂碎成两颗
可没有眼泪
只有更亮的星星

高处的玻璃（外三首）

涂　拥，四川泸州人。诗作散见于《诗刊》《星星》《草堂》
《诗潮》《汉诗》等，并入选多种年选本。

一块玻璃，离我脚尖三尺

"啪"的一下发出最后一声

我来不及吓自己一跳

也来不及对高楼大骂

粉身碎骨的玻璃，在阳光下

闪烁出晶莹泪花

它在高处，一定经历了

难以忍受的风吹雨打

一定还有不为人知的秘密

我原谅玻璃

可以原谅它老了伤了

自己忍不住从高处跳下

我还做不到容忍

突然有人，从背后推下它

打碎我对高处的向往

寂静 ICU

这里是有些人的最后一道门
也会是有人从地狱
重返人间的始发地

重症监护室里
首先死去的是声音
躺下的人难以发声
能说话的人又捂上了口罩

不轻易开启的这道门
让床上那些肉体
插满生命线，依然毫无表情

无比留恋人世的地方
生死都不会吭声

看望一个人

我们约好的时间
刚好在雨停
不下雨了是不是意味着
我们不再行走泥泞

她也可以从病床上爬起
看看人间放晴

我们约好去看一个人
其实没有考虑过雨打风吹
只想捧上一束玫瑰
捎带几句沾着露珠的言语
让药味中的医院
重返草地

我们不提疼痛
不看伤口流血
更不拎出自己的毛病
总之看望一个病人的时候
我们必须全部是好人

在别院

生日相聚在别院
酒瓶变成了一个个空房间
我们坐进去，看桂花落下来
再把燃烧的蜡烛
吹灭，像吹掉
人世的一年又一年
假如就此作别

明年生日还定别院

我们重逢会不会像重生

一些花香在了别处

一些人再已不见

麦粒之心（外五首）

易新辉，笔名冀北，1972 年生，祖籍青海，现定居宁波。浙
江省作家协会会员，中国诗歌学会会员。自幼喜欢
诗歌散文创作，作品散见于《人民日报》《诗刊》
《星星》《诗选刊》《散文诗》《诗潮》《诗歌月刊》
《文学港》《奔流》《延河》等。有作品入选多家刊物
年选。著有诗集《荒度》。

收工之后，母亲总会
沿着来时的方向
去寻找那些遗落在麦茬中的麦穗
有时甚至会用手指
抢在鸟儿之前，啄起那一颗颗麦粒
小心翼翼地收入口袋
她专注又庄重的神情
像一位虔诚的教徒
她的每一次弯腰，都像是对大地之神的膜拜
多年以后，我才学会了捡食
那些撒落在餐桌上的馒头碎屑
我已从年少时的不理解，青年时的
嫌弃

拥有了中年时的敬畏

我似乎终于对一颗小小的麦粒

动了忏悔之意

面对深沉的大地一再弯腰

收起，心中的麦芒

记忆中的三个片段

似乎一切都安静下来了

外祖母躺在她钟爱了一生的泥土里

仿佛一只腼腆的马铃薯

等待发芽

而母亲跪在地上

一边号啕大哭，一边用双手刨土

我一度害怕

她这么拼命，会把刚埋好的

种子

又刨出来

好在我那年幼的儿子

终于会叫外婆了

那声音稚嫩得

就像刚刚破土而出的幼芽⋯⋯

我的脚印，就是我身体的落叶

我的脚印

就是我身体的落叶。

一个人走在清修岭古道上

我不过是

一棵会移动的草木。

我看见了自己的叶片，在穿梭的时光中

渐渐枯黄

在我步步为营的行进中

像雪花一样，在身后

纷纷遗落，那层层叠叠的落叶啊

构成了我心中

层层叠叠的悲伤。

但每当我想到四季

会有轮回，想到春风

犹如存在于人世间的温暖手掌心

我似乎又有了一丝慰藉

我似乎还有机会

把它们从大地深处

——领回

最深情的吻

坐在我前面的一对年轻男女
正在深情接吻
天刚蒙蒙亮
在最早的一班公共汽车上
我感受到了我曾经拥有过的爱和幸福
在我到站后，他们依然还在拥吻着
我希望他们就这样一直吻下去
我希望人生没有站台
没有什么，可以打扰他们
就连吻本身
也不能打扰

年轻的香樟树

搬进这个小区
已经二十三年了
楼下小公园里的那棵香樟树
比我更早搬进来
初见它时，大约只有两米高
后来它越长越高，越长
越茂密

而我，反而在生活中矮了几厘米

那些曾经绕着它奔跑的孩子

也早已长足了身高

但这棵香樟树还在不停地生长

全然不顾，那位经常在树荫下乘凉的老人

在病中溘然长逝

我不知道，它到底长到什么时候

能活多长时间

但我猜想，是不是每出生一个婴儿

每逝去一个老人

它都会抽出一根新枝，长出更多的嫩芽

是不是，在它旋转的年轮里

缠着几亿光年的时光

当我们有一天离开时，它还会代替我们

继续朝天空走去……

迷　途

十九岁那年，我在返家途中

意外迷失在一片荒漠

整整十五个小时

从清晨到凌晨一点，只有

太阳

我

月亮

仿佛一只钟表里的时针、分针和秒针

在移动

当一个人无路可走时

孤独也是一条路

孤独的太阳

孤独的月亮

孤独的我

在那片象征死亡的荒漠里

我第一次懂得了恐惧和绝望，我不记得

如何走了出来

我只记得，我从母亲的怀抱里醒过来

那小小的胸膛，温暖的胸膛

足够安顿我的一生

而那貌似无边的荒漠，现在看来

也无非只是一场梦……

五、内部的景观

从一截木头里削出一柄宝剑（外三首）

蒋立波，又名陈家农，浙江嵊州人。曾获"柔刚诗歌奖"
（2015）、黎巴嫩 Naji Naaman 国际文学奖等奖项。辑
有诗集《折叠的月亮》、《辅音钥匙》、《帝国茶楼》、
《迷雾与索引》。现居杭州远郊。

从一截木头里削出一柄宝剑
原来笨拙的身体中，也可以暗藏锋芒和利刃
或许那恰恰就是我本来的形象
它在一棵树里沉睡，因此唤醒它需要的
也必然是斧头和刀，那野蛮的、狂暴的力量
这柄剑仍然是笨拙的，甚至是丑陋的
但我每天乐此不疲，挥舞着这柄剑
朝不存在的敌人疯狂砍削
我急于寻找这个世界的漏洞，执着于
在自己身上创造一个陌生的对立面
而最早到来的，为何总是自己身上更多的破绽
那昏迷的童年，永远无法愈合的伤口
我同时扮演刺客和暴君，像一名狂热的信徒
为幻想所鼓舞。一场必然失败的行刺

持续到了今天，只不过我舞动的不再是剑
而仅仅是一根枯枝，甚至是衰老本身

高跟鞋

你不可能生活在悬崖上，但不妨接受
一个虚拟的高度。而站在一个尖锐的角度
鞋子合不合脚并不由脚说了算，因为
你三分之二的袅娜已经托付给挪移的重心
新的海拔把你从仁慈的平底锅里拔出来
但你不是叛徒，就像曲线忠实于新的感官
过时的美学概论交出足弓的发言权
而你曾经仰望的星星，有资格偏袒意外和起伏

死亡教育

我从小接受过死亡的教育，不知几岁起
灶台边安放了一口松木打制的棺材
一墙之隔，每次到灶头端菜，我都是胆战心惊
但在父母眼里，它似乎仅仅是诸多器具中
普通的一种，甚至像谷柜那样，常常被用于
存放稻谷、麦子、玉米。后来才慢慢知道
在我母亲之前，父亲曾有过另一个妻子
她生病死了，我的母亲才来到这个家
我当然从未见过这个不幸的女人，她也不是

我的妈妈，但父亲经常带着我和姐姐
去看望她的双亲，我一直叫他们外公外婆
我一直记得，那个外婆给我煎出的
酥脆金黄的带鱼，尽管我只被允许每餐
吃一块，这仅仅我一个人可以享有的特权
而这副棺材，就是父亲为那个外公准备的
许多年里，母亲伏在灶台上煮菜，一尾鲫鱼
在油锅里噼啪作响，而隔着一堵土墙
一口漆黑的棺材，那么安静，更安静的
是棺材里的粮食，就像死亡，用安静的声音
教育着我。许多年以后，我会想起那个
我从未见过的女人，我甚至觉得
是她生下了我：通过她的死亡——
这漫长的产道，我冒着危险来到这个世界

零度以下写作

这两天，园中鱼池终于结出厚厚的冰
几尾鲤鱼整日蹲在角落保持不动
它们已不需要像平日那样为我的走近
或闪避，或迎迓，它们终于看清了我的失败
隔着坚硬的冰块，鲤鱼们接见我
像接见一名用冰镐凿开词语的囚犯
它们长久地悬停在那里，像是在垂钓
那从钓钩里逃脱过无数次的我
为了把我拖向一片温暖的水域，它们借给我

耳石、鱼鳍、鱼瓢，而一种失传的平衡术

无法担保我不在世界的偏心里侧翻

零度的写作已司空见惯[①]，但我不能肯定

它们是否能够忍受零度以下的写作

尽管有一点很明确，相较于背负冰块

它们更愿意减去偏见的重量

我同样不能肯定，水要有多硬的心肠

才能硬成一块冰，就像鲤鱼可能真的需要

这样一块厚厚的镜片，才不至于把我错认为

一枚因神秘的牵引而激动的浮标

---

① 零度写作，来源于法国文学理论家罗兰·巴特 1953 年发表的一篇文章《写作的零度》。

蛰　伏（外三首）

小　荒，70后，浙江衢州人，作品入选《中国年度最佳诗歌》
《中国诗歌精选》等选本。

那一年，痛失江山与美人，
我洗心革面，用苦与恨勾芡隐忍。

那一年，与友绝交，
只因内心，有一根不曲的针。

那一年，拒绝崇高的荣耀，
选择虚幻的月和一潭清水，相伴终生。

那一年，即使藏在死亡里，
也不忘地图上的缺痕。

那一年，龙场开悟："圣人之道，
吾性自足，向之求理于事物者误也。"

这一年，蛰伏荒野，
只求苟且，待到来年开春。

静默的存在

夕阳西下

—— 给 B

我们观察河水的流动，

在四楼，

这高度适合看风景，又不寒冷。

河水从对面公园的小溪

分流而出，

淌过几个弯，有成大河之势。

只是这景象，在我们吞吐的烟雾中，

渐入缥缈之境，

不如头顶的夕阳真实可及。

无妨。即使夕阳西下，

我们还可混迹于公园的老年群，

打牌，钓鱼，听水。

观　星

一个十三岁的小胖子观星，

你可以忽略他的体重和年纪，

但不能小看他的野心。

——相对遥远的星辰，
地球那么小一粒，万物不过蝼蚁。

而一个小胖子在十三岁时看到
点点光亮——
却那么遥不可及。

天　堂

我一直觉得天堂就是个纸盒子
装下一颗又一颗弹珠
有的叫梁健、辛酉、淡舟
他们是我的朋友
有的叫李白、杜甫……
我对他们仰慕已久
他们都藏在一个纸盒子里
我总有一天会找到那些弹珠

旷野之诗（外四首）

陆　岸，浙江桐乡人。作品见于《诗刊》《星星》《诗潮》《草堂》《扬子江诗刊》《绿风》《江南诗》《十月》《西部》《西湖》《星火》等刊，入选《中国跨年诗选（2019—2020）》《天天诗历 2020》《〈中国诗歌〉2019年度诗歌精选》等多种年度选本。著有诗合集《无见地》。

旷野在边
旷野在野
我的旷野远离这钢铁俗世
旷野有无数有名无名的石头
尖锐。近乎肉中之刺
滚圆。曾经迁徙藏北的河床
我的旷野之石，纷纷走动，大而渺小
从千万个地底钻出
一起夯实我旷野的空旷

这蛮荒庞大的地基之上
大风恰好撑起云顶，云顶巨大而分裂
又恰好承受星空之重

我的旷野，驱逐远山和羊群
如今只种植枯黄将死之草
只呼喊扑面穿越荆棘之沙
只踢踏滚滚秋日之蹄

我的旷野
——它徒有天下之大
却有空旷之悲
我的旷野，宛如心脏

还乡路上

进山林，只见荒芜，何来猛虎？
入庙堂，最多香客，放生也不见慈悲
一路上，我爱的流水那么欢畅

我也往东来，越来越靠近了
那熟悉的属于窗外的梦境
风从熙攘的大街上打探消息

而我只是一个路人
我忽然在道旁流泪
我看见了这些庞大的灰尘

栅 栏

栅栏是多么虚空无用
血肉是透明的，骨节是中空的
只能拦住直来直去的人群
拦不住流水，拦不住风
却整日里张开空空的双手

我常常靠着栅栏往远处望
远处的群山此起彼伏
他们也在张望我

而风正从山林穿越而来
她穿越过我

仿佛我也只是栅栏
也拦不住什么
我也是空的

磨 刀

刀锋越来越亮
我的磨刀石越来越薄

眼看它磨成了一弯月亮
夜夜挂在你的窗口
眼看你种满了试刀的荆棘
挡在我的来路上

眼看你背过身，轻轻抽泣
给我看
一把空空的刀鞘

赛里木湖

黄昏中的雪山是暧昧的
他爱上了赛里木湖这棵胡杨

他爱她年轻的颜色
拥抱她。他不惜融化自己

而她拥有了一面巨大的镜子
拥有了雪山之巅和整个天空

当时的色彩短暂而安宁
仿佛有一个秀颀的身影真的照耀过山顶

仿佛树枝上两只乌鸦
一只正努力把另一只染黑

国清寺里的隋梅（外四首）

胡理勇，男，60 后，浙江永嘉人氏，原杭州大学中文系毕业，
自由职业者。一直热爱诗歌，力奉"文章合为时而
著，歌诗合为事而作"（白居易《与元九书》），作品
见于《诗刊》《飞天》《海燕》《江南诗》《西湖》《文
学港》《诗潮》《诗林》《绿风》《西部》等刊物。《浙
江诗人》编委成员。

隋梅，意味着隋朝时候就种下的

一株梅，活了一千余年，几近乎妖
会否借月黑风高，或月满础润之时
以暗香袭人，以疏影吓人
看它趴在墙头，看向墙外，似乎
是一个不甘寂寞的君子

我想知道，它是如何活下来的
且活成了风景，被人瞻仰
它住在名刹国清寺里，或许听经之故
或许慈航普度，受菩萨保护了
我觉得，应该是雷击之，风摧之

雨淋之，霜冻之，雪压之，所以不死

一拨一拨人来看它，用目光抚摸它
看它颤颤巍巍的样子
看它的累累伤痕，像张着的嘴，叫痛
它想倚墙，清静一会儿
鼎沸的人声，总扰它千年之梦

看它的人，死了一代又一代
它活着，并不觉得荣幸——
日出日落没变，青山没变，流水没变
国清寺的晚祷没变，钟声还是那样沙哑

睡着了

睡着了，早早地睡着了
头沾枕边，迫不及待进入梦乡
不是睡狮，是一只懒猫

睡着了，不再关心
五千年的黑暗，五千年的光明
不再关心，风雨大作，电闪雷鸣
万事万物，各有造化，各安其命

如果是狮子，睡着了
相当于收起了利爪。收回了

震撼人心的怒吼
它，趴在那里
就如一堆泥土，随便委地

如果是只健康的猫，睡着了
徒有小老虎的江湖称誉
不在乎鼠辈，在眼前溜达
不关心房间成了它们的战场
让人怀疑，猫鼠同谋

睡着了，曾努力不想睡去
眼睛大睁着，却空无一物
眼皮打架
关上了观看世界的窗

海啊海

那么多的皱纹，再多一条
能说明它老了吗
一夜一夜，澎湃着激情
能说明它还年轻吗

如果它真的老了
如何托举万吨巨轮，驶向未知
如果它果真年轻
那些岛、礁石，像历经沧桑

它用许多种语言，表达情感
台风，是其中一种
那是极怒时的嘶吼
虎须不可撸，尊严不可冒犯

它有多种信使，表达爱意
海鸥，是其中一种
无数朵浪花，盛开着，绽放着
海啊海，善意充满谎言

晒　网

一张巨大的网，堆在渔人码头
太阳将其翻了好几个个儿
那软软的，慵懒的神态
活像一堆死亡边缘的废物

这是鱼的幸，还是不幸
幸，因为逃过了当下的一劫
不幸，待修补好所有的破处
还剩多少机会能逃脱厄运

对一张网的小觑，大错特错
尽管悠闲，尽管散漫
知道自己的威力所在

千万只眼，圆睁着，何曾睡着

渔网，鸟网，天罗地网
鸟觉得比鱼幸运
人觉得比鸟、比鱼幸运
争个你短我长，都是网中之物

盆　景

去了一趟盆景园。
不愧是扭曲的美、丑陋的美的集中营
我喜欢上了这些残忍的作品，就像
《闲情偶寄》喜欢臭烘烘的三寸金莲
你看那棵雪松，本可有参天之姿
硬是被培养成了侏儒
给它们自由，那些根须可尽情生长
现在只能委屈在盆里，盘根错节
把那些快乐生长的枝条芟薙
留下的，用铁丝捆扎，让其变态
枝枝干干，不能太健康，太干净
故意砍上几刀，让其受伤，长出树瘤
它们都是能工巧匠的杰作——
他们穷力尽职，他们挥汗如雨
他们无所不用其极
他们没有其他爱好，专以摧残为业

救救我，宁受风雨的折磨
它们要在盆里忍受一辈子
看着它们，好像看到鲁迅笔下的孩子
我明朗的心情，暗淡了下来

与豹同行（外四首）

李晓春，浙江东阳人，作品见于《诗刊》《散文选刊》《散文
百家》《品位·浙江诗人》《当代人》《江南》《岁月》
《辽河》《嘉应文学》等。

……翻越山梁时，我与同伴走散了

时已近正午

阳光透过枫香树的浓阴散落地上

斑驳的光影，让我想起

漂亮的豹纹

他应该离我并不远

就在我左边或者右边。有时

我听到他踩断枯枝"咔嚓咔嚓"的声响

就这样，我一直走着

至黄昏

远处山岗上，响起同伴焦急的喊声

此时，我看到林间有只豹子

一闪而过……

我才惊觉，这是一次危险的旅途

从中午至日暮

我始终与一只豹子如影随行

树上的果子越来越少

樱桃开始上色
母亲就端把竹椅坐在树下
提醒那些
猴子一样爱上树的孩子和百舌鸟
离成熟还有一段日子

等果子红透
她会搬出梯子。爬得高高
一把一把地摘下，分给左邻和右舍

母亲今年八十有二
没人记得她攀爬了多少年
分享出去多少
甜蜜的果实
只是她爬梯子的速度越来越缓慢

但她还是改不掉习惯
每年都会
在树尖、枝梢留下一些
留给那些不期而至，停歇在树上的客人
或者，等它们自然地脱落

给一头牛说话

家里饲养的牛患上眼疾

——瞳孔血红，整天流着泪水

母亲请来兽医

拿一个一尺长的竹筒

给它灌一种黑乎乎的药汁

它咬牙甩头，不肯张嘴

这时，我看到母亲一边抚摸

它的头，一边喃喃细语

听话，吃了病才会好

像嘱咐孩子

我看到脾气暴躁的牛渐渐安静下来

眼神里，流露出信赖

苦槠树上

苦槠树上，大的是鸟巢

小的是苦槠子

苦槠子壳斗裂开了，现出一个一个

低眉的佛陀

夜行北山

雨停后
虫声四起。天地间渐渐黑成一片。

盘山公路上
鲜有夜行人。

偶尔射来的汽车灯光
让人瞬间失明。

那树林间突然飘起的几粒萤火虫，
提醒我人间尚有更为广阔的去处。

紫藤花开（外二首）

何金平，某党校教授。

未见你有如此姿容

蕴蓄久了

内在的力量

终于泛出泉眼般的波光

与春天的约会

就此开启

你好像依然

有一点羞涩

而我对着你看时

你的心底

也许有一些粲然

我愿记录下

这一刻的光景

明天的日子里

送给你

突然的惊喜

俺外婆家

俺外婆家在山旮旯里
白云环绕在青山绿水间
没有外婆的外婆家
依旧热闹谈笑风生
烙印在我的心窝子里
去了总觉得时间短暂
回了总觉得余兴未了
梦里常常有亲情的牵绊
表哥表弟表姐表妹
拉拉扯扯恍恍惚惚
填满我岁月的日历
一棵树盛满野果的芬芳
一碗水捧出甘甜的味儿
清茶和香榧的醇香
洁白的野花
循着那乡愁的根系
飘洒得很远很远

这个春节

院子里的鱼在游
屋子里的花在开

努力一点点积聚

告诉自己

芝麻开花的讯息

蓄谋已久的冷雨

接续上演

挑战灿烂的阳光

生活的另一面

总要竭力表现自己

维护另一种平衡

野生动物

也开始反抗人类

一种疫情席卷而来

与一场冷雨

遥相呼应

这一刻

目睹鱼和花的容颜

企盼阳光直射

也想对着美丽的白衣天使

道一声谢谢

看 水（外四首）

阿　剑，浙江省作协员。作品见于《星星》《诗潮》《诗歌月刊》《西湖》《野草》《边疆文学》《山西文学》《青年作家》等刊，入选《浙江省五年文学作品选》《天天诗历》等选本。曾获中国徐霞客游记文学奖、浙江散文学会"西湖记忆"奖、《诗歌月刊》"铜铃山杯"全国诗歌大赛等奖项。出版诗合集《无见地》。

一夜风紧，江面逆流如
竖排左行的旧书。众水喧哗，
那么多注解，每滴水都有无法诠释的命。
一只麻雀因风停在空中，
像迟迟无法点下的句读。

我想我已足够衰老，四十年执身如笔，
写下大地上荒唐墨迹。句子散落，
寻不到书页，不如石室堰的石头，
咬住满江汉字，一身清白。

三只居住沙汀上的白鹭，如后朝的羊毫，

盘旋许久，等着落笔写下

满江风水，一页春秋。

茅家埠

离西湖总有半米，哪怕我残损的手掌

浸入水里。那人，雨巷中出走，

湖边醉酒，写诗，被丁香和敌寇欺侮半生。

另一个醉酒的男人，扬起抽打名马与美人的鞭子

死成一个烈士。在茅家埠，我寻到第三个男人，

丝绸一般焚毁的男人。我多幸运我的茅家埠

池塘夏草，郭庄俨然，再力花茁壮，

远处保俶塔像遥不可及的昔日爱人。我多欣喜

我的茅家埠，身边酒鬼憨态可掬，环顾天下几无恶人。

旧码头，走丢了外地香客，第四个男人

弃舟登岸，徒步去往天竺。

月中回首，那人有我一样的青白面孔。

橘　子

（你们写一写桌上的橘子吧——梁晓明）

你，你们火红的南方小心脏

在桌上安静。我是残损的另一颗。

更多的火在窗外、密林间跳动。

从高原、丘陵、平地，下河入海，

沿途点燃，四野八乡的丰收日。

"放弃深固难徙的习性，

究竟为何？"——四千年炽烈清凉，

一条路，甘苦纷呈，从楚越到天空

最后的余晖。到一张木头桌子。

而你，你们安静，宛如经年

汗水丰饶，大旱相食

坠落田间或堂皇于市场卖柑者的腐烂

都旋转于此刻内心的颜色；也把屋内空气，

纷繁的人群，暮色街道，城市

与整个世界轻微旋动。

"——多美啊，青黄杂糅，文章烂兮。

这完美即死亡。"

我寻找同频的心跳。或寂静。

此生无非是要去解决

一只橘子。掰开，咀嚼，吞咽，

榨取最后的酸与甜。此生无非是要创造

一张桌子——没有你，你们；一个世界，

拥有，然后消失了

火焰般的心跳。就像多年以后，

橘子灿烂，落日浑圆，

谁信手解决了我这一颗。

暖　秋

行走十月，你天生体寒者的战栗
仍像正午浓荫处虫鸣
祖传曲调都已变凉，雨水洗白的稻草
稻田里孤立的犁铧与收割机，阳光
并不点燃它们
——耕牛哪儿去了？
收割后，大地的语言哪儿去了？
秋天有多好，流水有声响
仿佛隐疾随时可以消除
两只黄蛱蝶在机耕路上
交尾，仿佛再不需要
宽袍广袖的歌舞或悲戚
你驻足，屏息——你是蝴蝶
其中更裸袒的一只，也是
委弃道途的长袍。这个秋天你需要
阳光，有体温的汉语，干草堆

在衢州

在衢州，人们有两百万种活法，
两种泥土颜色，
稻黄，橘红。

千里岗与仙霞岭绿脊葳蕤，四省血脉穿行衢江。
江郎山，三根铜骨头撑起半壁天空。
烂柯的空腔子，亿万柑橘跳动
野火把的小心脏。

在衢州，妖怪出没，神仙游荡，
前朝铁城破碎，现世霓虹点燃。
道士，和尚，牧师，商贾，黎民，
他们食红辣，饮绿茶，共酌白的红的黄的酒，
佐以兔头、鸭头、鱼头、鸭掌。

在衢州，我有三个亲人埋在土里。
我的亲人越来越少。

在衢州，我们有两种死法，
一种生老病死。一种未知生，焉知死。

故乡物语（组诗）

冯奇冰，男，1963 年生，浙江义乌人。

村 庄

老屋集体走错了路
几百年历史
倏然在十字路口消失

麦秆圆润饱满
散发出太阳的芳香
被纤纤玉手
编织成爱情，长长的
悬挂在村姑水汪汪的臂间
荡漾出无限风情
晒谷场上那场电影
叫《刘三姐》
常把小伙子看得神魂颠倒

只是村中陌巷

总是被封存在酒缸里
童年没长大
就在季节边缘飘飞
能成为风景的桥
越来越少
无一例外地
躲进摄影家的喜好里
搔首弄姿

不远处总有轿车飞驰而过
仰望天空
有航班刚刚开通
发现
飞翔的时候跟睡着的时候
并没有两样

砖　瓦

窑洞太小，装不下一只风筝
烈火焚烧，也比不上三昧真火
脱胎换骨
铸造成满腔自信
垒成高墙，蹲踞屋顶
呼风唤雨
成就乡村无法撼动的尊严
只是，当挖土机的轻声细语

猝不及防地来到身旁
支离破碎
便是避免不了的欺骗

如果沧桑能够隐瞒岁月
四合院的大门
就该关住众多故事
燕子掠过鹅卵石小巷
被炊烟呛着的画面
最终被记忆神往的时候
有一个男孩
只好坐在秋天
画起砖瓦的
前世今生

八仙桌

这个胎记贴在乡村胸膛
不知道真实年龄
与四尺凳凭空燃起一片火红
借助某种仪式
泄露了乡村纯真的心愿

只是它有一种威严
被爷爷奶奶擦拭得
凛然不可侵犯

与不远处的红灯笼遥相呼应
让童年格格不入
尽管一颗糖果
总能引诱口水流成河
孩子们的瞳孔
依然盛开出花海
不会让乡村的关节疼痛

行酒令沿着棱角四处流淌
执着地要把日子灌醉
唯有这样的时刻
乡村呈现出少有的亢奋
胎记更红了
闪得老屋心惊胆战
直到一觉醒来
乡村已是老态龙钟

有人忙着穿村入户
收集起八仙桌
在古镇街口开了家茶馆
把零零散散的农家风味
冲泡得回味无穷
而来旅游的人
一下子就触摸到了
古镇的厚重

大樟树

无论风吹雨淋雪飞霜凝
站在村口
家的感觉就枝繁叶茂

根系在看不见的地方
四处奔涌
这个秘密与生俱来
只为魁梧和坚强
面对雷鸣电闪
能举重若轻

每片叶就是一朵云
飘着来也飘着离去
记不清岁月千年轮廓
当有人奔走他乡
行囊里折叠得整整齐齐的
一定是童年
掏鸟窝捉迷藏踩地雷……
所有的顽皮
沿着你的宽容萌发成绿叶
被阳光打造出
一副永不会缺钙的骨骼
明媚着童年红润饱满

就算游子浪迹天涯
大樟树的根总会牵着童年
浅吟低唱在心头
而母亲在树下痴望的
那个身影
却照亮每条回家的路
彻夜疼痛

炊　烟

常有目光
看得鹅卵石泪流满面
偶有几朵鲜花
只躲在山坳独自忧伤

水塘捧着清粼粼月光
照不进水牛疲倦的日子
农屋里，那盏煤油灯
把农妇打盹的梦
擦拭得锃亮

最动人的当然是燕子
三月的田野上翩然飞翔
那份优雅那份飘逸
还有那份诗情画意

常把一栋栋老屋
撩拨得热血沸腾

小巷从先人的手心里走来
无视时光的娇嗔
那是乡村的经脉
唯有炊烟袅袅
才能让故乡气血旺盛

世界各地
只要炊烟抵达的地方
母亲那声声呼唤
总让游子心生温暖

端　午

给五月的昆虫飞翔的理由
燕子复活乡村的时刻
令人期待令人血脉偾张
空气里涌动着葱茏
老屋簇拥着小巷
见证民俗在拔节

无须怀疑
日子里绽放的情结一如既往
愿望悄悄浓缩在香囊

飘飘袅袅

寄托乡村的童年

鸭蛋毫无征兆地超越吉祥

搅动童心不会褪色

粽叶大方地走进每户人家

把所有的目光

包裹得饱满精致

哪怕生活再怎样简陋

这份清香总是最奢侈最豪华

当然，江水中那份执着

历经千年依然在诗歌深处

光芒四射

龙舟驶过的地方

苍茫，呜咽以及凄凉

都在水天交接处消失殆尽

唯有鼓声

饱满，振奋，激昂

如薪火，沿着爆膨的肌肉

温暖不屈的土地

泪流成河

六、在风景里

把一株青菜种到星辰中间（外三首）

沈　苇，现居杭州，浙江传媒学院教授。著有诗集、散文集、评论集20余部。获鲁迅文学奖、华语文学传媒大奖等奖项。

把一株青菜种到星辰中间
在那里升起几缕原始的炊烟
太阳里养猛虎，月亮上种桂树
几乎是剧情里的一次安排
当一株青菜种到星辰中间
世界就可以颠倒过来看
倒挂的蝙蝠直立行走
它们的黑已被流言洗白
山峰低垂，瀑布倒悬
大江大河效仿了银河
亡者苏醒，像植物茂密生长
而地球的流浪渐行渐远
人间事，不过是菜圃里一滴露

雨中，燕子飞

燕子在雨中飞

因为旧巢需要修缮

天才建筑师备好了稻草和新泥

燕子在雨中箭一般飞

淋湿的、微颤的飞矢

迅疾冲向时间迷蒙的前方

燕子在雨中成双成对飞

贴着运河，逆着水面

这千古的流逝和苍茫

燕子领着它的孩子在雨中飞

这壮丽时刻不是一道风景

而是词、意象和征兆本身

燕子在雨中人的世界之外飞

轻易取消我的言辞

我一天的自悲和自喜

燕子在雨中旁若无物地飞

它替我的心，在飞

替我的心抓住凝神的时刻

燕子在雨中闪电一样飞

飞船一样飞，然后消失了

驶入它明亮、广袤的太空

我用无言的、不去惊扰的赞美

与它缔结合约和同盟

西　湖

水的道场，仔细一看波光涟漪
原是上演人妖恋、人鬼恋的水上剧场

白蛇爱许仙，就是十度的体温
爱上了三十七度
是冷血换成了热血
于是镇妖入塔
——雷峰塔倒塌了
雷峰塔又建起来了

湖山此地曾埋玉
风月小小可铸金、铸银
如今，铸铁、铸陶吧
落魄书生，携一把天堂伞
提一只易碎的陶罐

蝴蝶成双成对，飞过苏堤、白堤
飞过三潭印月
飞入南山幽林的万松书院
梁祝苦读《庄子》，提前梦见
七个坟墓的化蝶之舞

阴阳两界，爱恨情仇
风烟俱尽，山水亘古

背对西湖，依旧是红尘、车流、行人
依旧是钱塘潮涌，丹桂飘香
法海的螃蟹，仍在雨水和淤泥中横行……

沙　埋

沙土铺了一层又一层
仿佛天空有座活火山
用灰烬，抹去
绿洲、城池和村落

将自己从湮没中挖出来的人
像陶俑，坐在滚烫的
沙土中，静静哭泣
忘了来路和去踪

佛塔和麻扎埋入地下
胡杨和梭梭死去
亲人们转眼消失不见了
牛、羊、骆驼也不见了
坏消息一个接着一个

缓慢起身，在沙土中
筑居，耕作，生儿育女
如在瀚海方舟颠簸跌宕
怀着至爱与至恨

迷乱的线团（外四首）

江　离，1978 年生于浙江嘉兴，毕业于浙江大学。著有诗集
《忍冬花的黄昏》《不确定的群山》，现居杭州。

知微撅着小屁股
趴在地板上，她在画画
这是鱼，这是大象，她说。
纸上有一堆线团
我看了一小会，想从中
找到一点鱼和大象的影子。
在哪呢，我说
——就这里呀。
呃……我确实没有
我为我没有看到鱼和大象
感到惭愧。
有时她告诉我
这是云、小鸟，甚至是小猪佩奇
然后发出"吭吭"的鼻音
这像极了的鼻音
也佐证着我的无知无趣。
云的聚散，鸟的飞行

都不过是在那团乱麻中了
我却什么也看不见
我带着那形象、那界限、那因果的重负。
但没有任何框框去框住她画的
一切仍是混沌，带着它
无尽的可能
盘踞在这乱麻般的线团中。

超山盛夏

（和飞廉盛夏诗）

被蝉鸣统治的夏日
我从超山边角的练车场出来
烤焦的树影黏在柏油路上
癞皮狗斜眼向我，似在讥诮
噢，我当然不会在意刚被教练痛斥过
我想的只是哪条里巷的冰箱里
取出来的冰镇西瓜
沁着水珠的绿瓜皮、红心和黑籽
那时我刚得知不久
吴昌硕晚年来到这里就不走了
他爱上了超山的
一株唐梅和一株宋梅
他在纸上作画，墨白的梅干
仙人在上面吹了一口气，开成了一片红梅

海之简史

日月之行，若出其中
星河灿烂，若出其里
　　　　——曹操《观沧海》

每个人都有一片海
通过传说和报刊里的只言片语
构筑着想象中的海

地中海的人们总是相信
波塞冬的三叉戟可以掀起巨浪
他们发动战争，为了争夺港口和贸易

对我们的先民，海更像是无垠的边界
承载着九州，它神秘
足够让人产生畏惧的防御心理

现在，每个人都有机会一睹大海
它由波浪的帝国、金色的沙滩
棕榈树、泳衣和恋人间温柔的絮语构成

但那不是出海的渔民们熟悉的
狂暴之海，它可以裁决人的生死
当他们在风暴里祈祷，放弃了任何抵抗

关于海的话语如此众多
但它仍然是未被征服的，为数不多者
蓝色的终极旋律之上

浮动着的，是自我的镜像
你仍然没见过那片海
那是永不可能获得的绝对的认识

南海中，新填的海中之岛，像驮着
唐僧师徒的神龟，它仍需仰望
一轮初日，完成它出海时的最后一跳

雾中谒鹿门书院

一条碎石路铺向书院
石砌的台基，四合的院子仍有抱朴之心
庭院的屋脊上，几丛修竹拢翠
几处寂静舒卷着清流

院外，仿佛能听到呦呦的鹿鸣声
那曾是吕规叔和朱熹
是历朝的学子
为扶正时代的灯火，校注着真知上的迷雾

游上天竺法喜讲寺后记

曾让人屏息的庄重
已淹没在我们时代的众声喧哗中

言语稀释了语言，因讲得太多
而变得空洞，归于消散的烟尘

大风即起，摇落了众生窃窃私语的耳朵
啄食的燕雀也将四散

伟大仍没有成为常识，佛从瞌睡中醒来
步出大殿，侧身草木间的夜露上

虚无的味道（外四首）

李龙炳，男，1969 年生于四川成都，客家人。著有诗集《奇迹》《李龙炳的诗》《乌云的乌托邦》。现居成都青白江乡下，写诗，酿酒，偶尔出游。

这是秋日，我和一只蟋蟀的对话，
已经压低。
观察地下的黄昏，十月的光线
吊起织布机。

你有发热的功能，
有一种温暖就是
小乞丐在草垛中，
吐出的舌头绣着大公鸡。

一个小女孩，
一身白色，像一场雪提前降临。
从山坡的石阶上，
来到这里，看孔雀开屏。

嘴里面有孔雀的人，
有人告诉她，

那是今天的导演，
正在说，西北有盛世之危楼。

她的母亲，穿着红色上衣和我擦肩而过，
我恍惚了一下。
我是十九世纪的建筑，
身上写满了拆字。

我要花钱才能进入你的庄园吗，
追随蜜蜂，甜是虚无的味道。
庄园的后面有工地，
工地的后面还有墓地。

一双绣花鞋

人群中找到绣花鞋，
你不再追问，我去过
野兽中间，你停下来
等我把舌头探入弹孔。

有一天，你决定了，
在严肃的会议室融化自己。
你已不认识我的嘴唇，
麦克风掀起冰山一角。

蚂蚁在乡村的朽木上，

你的脸在医院走廊尽头，
苍白如花。"痛苦如同
夜夜梦见旧社会。"

我允许你在高压塔下
兴奋几天。"拆吧，
一堆羞涩的骨头而已。"
越来越小的人在水底。

遗忘了你前面的一百年，
你已不在杏仁里面。
向世界递出的那一只手，
刚好伸进了狮子口中。

在恒大广场，看喜剧
人群可以复制，空中
无人机和有人机在争吵，
做人不如做一只燕子。

现实先生

青年去拜访
现实先生，他是热的，
像沥青铺在马路上。

一束光被灼伤，无力反射回来，

只看见青烟，
在中年的沉思中。

脚印像小小的雏鸟，
天真而无畏，
声音来自饥饿的记忆。

压路机终于压过来了，
有一个盲点，像敏感词，
总是压不平。

"我对现实不感兴趣"
但现实先生把刀递过来，傲慢地说，
你杀了我吧。

现实先生的行为艺术，
有蒙娜或丽莎的微笑，
有文身和络腮胡子。

"上一秒我也相信爱情
但这是下一秒。"
现实先生数钞票的速度快于超现实。

你一旦羞愧，
现实先生便永远以你的恩人自居。
"理想下凡，成为丐帮首领。"

流水之美

河水淹死的云，比高高在上的云，
更有羞耻心。学校升起了国旗，
我设置好夏天的密码，
却瞬间失忆。

我的心至少落后三朵浪花，
两张彩票。
我把一块石头放生，它又臭又硬，
在水底依然对称于我的影子。

总有一所学校在桥上
白栏杆，红嘴唇，自行车满腹经纶。
铃声在提问，生与死的作业，
女学生加上一只天鹅也不能完成。

远处的塔，镇住水中乱世：
"白娘子是黑的，比停电的乡村之夜更黑。"
女学生，在河边
点燃试卷，照亮自己的嘴唇。

百年不遇的旱情，
只是为了惩罚一条河的骄傲？
谁的嘴唇上还有尘土，

谁就永远不必亲吻。

人人皆有流水之美，
桥在宋朝已有了断。
"我从一座桥上往下跳，
落在了另一座桥上。"

在风景中

在风景中，有人撒野，
在风景中，有人打麻将，
古当铺的瞭望孔，
看见有人落水，无人施救。

在风景中，我们才能重返人类，
卸了妆的落日，
在百年茶馆的窗口，
难免一哭。

麻雀，有三五个孩子，
在瓦檐上，讨论环境问题。
蝴蝶，在丝瓜花上，
寻找自己的金戒指。

不会欣赏风景的群众，
世界是一张黑白照片。

他们更善于让手指与鳝鱼接轨，
让手下的泥土更加柔软。

有人在沙漠上架梯子，
请不要扶。蓝色的海，
不是黑色的幽默，
不要一言不合，就去放水龙头。

"蓝是廊桥上的往事"
"蓝是针尖上的启蒙"
"蓝是酒中的万古愁"

在风景中，我爱穿越到
古代的所有失踪者。
在风景中，我只是反对
无数双点钞票的手。

湖畔小简（外四首）

桑　眉，女，生于1972年冬，四川广安人。中国作家协会会
　　　员、成都市文学院签约作家。出版诗集《上邪》《姐
　　　姐，我要回家》、合集《诗家》。现居成都，供职于
　　　某文学期刊。

蓝色书第32页、42页夹着银杏叶
它们是阳光孕育的
书中说，"爱情那金灿灿的表白
从她的胸口迸涌而出……"

她在风雨亭读书、读日记，写诗
书籍是你赠她的
日记是她昨晚写下的，字迹急切
仿佛热恋之人的心房都布满闪电

爱情是月光酝酿的。暮色渐远
路灯代替月光沐照湖畔独坐的人
将湖水磨成玖镜

她揣着这块漆黑发亮的石头

目送白鹭擦着烟波
徐徐消逝在柳梢……

我坐在阳台
　　——四十八岁生日猜想

口袋里的石子愈来愈少了
数一颗少一颗；
身边的人愈来愈少了
吻一个少一个。
到某天
空口袋摆放在阳台又旧又朽
我坐在阳台像个空口袋

那些石子都去了哪里？
跟随年轻的脚踝去过的山径……
追逐蝴蝶迷失于荒野……
跌入悬崖下的诗人的胸腔……
被一只手紧紧攥着，在河床深处酣睡；
像明胶像结节，拥堵在肺部或乳房……
——更多的，像咖啡里的方糖！
苦着，隐约甜着……悄悄化掉

好在，我猜：
那些人在另一个梦里会重新遇见
每个人带回来一颗石子

写给朵儿

许多年后
或许你已遗忘
第一声啼哭 第一个微笑
第一次喊：妈妈
那根连接母腹的脐带
迷途于时间藤蔓

许多年后
你比当年的母亲更美丽
正年轻，有想法
你要像小马试蹄不畏荆棘
像雏鸟试飞扑向悬崖
别怕，天地环伺
你不过是在更大的子宫

请原谅那个急性子的母亲
她已无法临窗照出优雅剪影
也无法重新为你编织一双粉红小鞋
但她愿意是一根枯枝
为幼鸟垒搭巢窠
她愿意是一条穿越长夜的引线
驱赶你幼年的阴霾

许多年后
你是另一个母亲
你也怀上了成为灰烬的决心

火车一直朝前开……

小火车在飞奔
载着你和她，以及更多陌生人
陌生人在埋头看手机，或者相互交谈
你们什么也没做
噢不，确切些描述
你打你的瞌睡，她听她的音乐
那些陌生人夹杂在你们之间
如滚滚大河
如戒律

小火车径自朝前开
轰轰隆隆开进她胸腔
将湿漉漉的往事倾泻在她眼眶
……穿过马路的红格子衬衫
好看的银杏，颤动的女贞
谭木匠、木地板、琉璃瓶、香水百合
铁门槛、小酒馆
日全食……

小火车每两分钟经停一次

有人的心就跟趔一下
她知道，火车迟早会停下来
就算火车一直朝前开
也无法停靠从前那座小站
——小站上，你十指弹奏春风
星辰是她撒落的纽扣

把闪电种在无名树下

鱼缸是小金鱼的大海
闪电在大海里熟睡
"乖"

我们都没去过大海
偶然在车水马龙的贝森路口相遇
相信彼此是彼此（灵识）的一部分

白玛说小金鱼没有鳃
用肺呼吸
啊！原来是真的——它与我同类

闪电失眠了一辈子
从未做过梦
但像梦一样活着
像谜，默默吐出叹息

此刻闪电睡熟了
还噘着嘴，想我回应一个吻
还画着好看的眉毛，想我羡慕
但是蝴蝶衫、燕尾裙有些凌乱呢
“不乖”

天亮了就应该外出散步
终其一生，闪电都在一面透明墙前徘徊张望
我们都是楚门，我们无处可逃

死亡恩典赐一段慈航
我带你去花园吧
无名树下，冬暖夏凉适宜梦

嗯！你要梦见我
在窗外，变成果实来看我

一个有霜的早晨（外三首）

郭晓琦，男，现居兰州。中国作家协会会员，鲁迅文学院第十五届中青年作家高研班（青年作家班）学员。曾参加《诗刊》社第24届"青春诗会"。

浓稠的霜雾压下来，崖畔上的枣树
将佝偻着的身子
又向下弯了一下
这些正好被我看见——

我还看见，它们把枯黄的叶子
一把又一把
抛撒给经过的西风，纷纷扬扬地飘
仿佛是在抛撒
堆积在身体的忧伤——

这时候有出殡的唢呐声响起
一个小男孩，喘着粗气从我身边跑过
他披着白孝衫
披着这个冬天的第一场白霜
他还小。他的伤心并不怎么明显——

清　晨

因为月光隐去，清晨并不盛大
只是露水打湿了
那个早起的人半截裤腿
和空空的内心
只是一只鸟的鸣叫
引起了另外一只鸟的呼应——

因为阳光还未照临，清晨也并不开阔
只是几个孩子
从慢慢明亮起来的光线中
钻出来，但又迅速地
闪进了村校。只是一缕清风
缠绕着另一缕清风
并将夜里淤积的半洼雨水搅浑——

靠着墙蹲下

靠着墙蹲下。靠着父亲旁边蹲下
午后的阳光斜插过来
针扎一样，疼

伸过墙头的树枝上，依偎着两片叶子
一片枯黄，翻卷
另一片青绿，泛着光——

其实，父亲并没有注意这尘埃里抖索的
两片树叶
因为我蹲在他身边
他看上去很欢喜
嘴唇动了一下，想要说什么，还没开口
就猛烈地咳嗽。这时候
风有些猛
我感觉墙在晃动，这堵倦怠的土墙
似乎也要靠着我们
蹲下——

丢了孩子的女人

我认识一个丢了孩子的
——女人

我认识她四十三岁就弯如老弓的腰身
就白如雪霜的头发
我认识她那张饱经沧桑的枯脸
认识她那双干涸了的病眼
我认识那双寻遍千山万水的糙脚

其实，我认识的
只是一个会行走的空荡荡的影子
十八年前
她弄丢了孩子的同时
也弄丢了自己——

草木深（外三首）

育　邦，著有诗集《体内的战争》《忆故人》《伐桐》等，诗
歌入选《大学语文》《新华文摘》及《扬子江文学评
论》年度文学排行榜等，曾获金陵文学奖诗歌大奖、
紫金山文学奖·诗歌奖、扬子江诗学奖·诗歌奖、
诗刊社中国诗歌网"2019—2020 年度十佳诗人"、中国
诗歌网"2019—2020 年度十佳诗集"等。现居南京。

草木深
——兼致杜甫

大江中，你的眼泪在翻滚。
失落的火焰，在水的呜呜中燃烧。

万壑沉默的额头，契刻
你黯淡的戎马，你熄灭的烽火。

迟暮时刻，你退隐到栎树上，
夺取帝国的草木之心。

你棕色的瞳孔，倒映着
山河故人，骷髅与鲜花的道路。

纸做的白马，你的孤舟，
缓缓穿行其间。时而停下。

浊酒之杯，放下又举起。
每一片树叶，从高处凋零。

哀愁的祭坛，一朵停云。
在头顶上徘徊，从未离去。

你从渺小的群山走出来，一直走，
一直走，走到永久那么久。

豹　隐
　　——读陈寅恪先生

万人如海，万鸦藏林
瞎眼的老人，困守在墙角
独自吃着蛤蜊，连同黑色的污泥
几瓣残梅，从风雪中飘落
劝慰早已没有泪水的双眼

愤怒的彗星燃烧起来
冰川化为虚无的云朵

尘埃与岩石匍匐在轰鸣之中
抱守隐秘的心脏，从未停滞的钟摆
低声哼唱青春的挽歌
坠落的松果，指引他
骑上白马，驰向大海

树木，高山，种子
抛弃根茎，静候
纯粹时刻的到来
严峻的墓地，他葬下
父母漂泊已久的骨灰
和一张安静的书桌——
仅仅属于他自己

负气一生，山河已破碎
他从茫茫雪地里，拈起
一瓣来自他乡的梅花
在历史的纤维云团中
蘸着自己的鲜血
磨砺时光的铁砧
火的深处，正生长出
一个浩瀚的星座

寂静的夕阳，最后的悲悯
赋予毁灭以光芒
故乡的花冠开始歌唱
辽远的歌声中，他辨认出

自己的童年，以及
秦淮河中柳如是的倒影

晨起读苏轼

在时光的溃败中
我们拈花，饮酒
在玉兰花的花瓣上
你写下诗句
有时，你也会写一封信
与草木交谈，用行草书写我们的梦境

雪泥鸿爪，不确定的人生
接骨木的战栗黄昏
你徘徊在蝶梦山丘中
月魄与海水，涌起相对论的秘密

溪流穿过生命的每一个时刻
风从海上来，带来你自身的悖论
无处安心的居士，在他者的故土上
漂泊，没有过去，也没有未来

看不见的客人曾经来过
而你，不得不向
这沉默的河山，归还
借来的每一粒尘埃

你手持虎凤蝶，被钉在十字架上
哦，纳博科夫的虹膜里倒映着一个诗人的葬礼
在时间的灰烬中，我们共同举杯
饮下朝云，最后一杯梅花酒

良 夜
——致屈原

表独立兮山之上。
——《楚辞·山鬼》

香草搭建的坟墓，
在山鬼的微笑中漂浮，
从汨罗江到洞庭湖。
为了抵抗时间，
你从白水逆流而上，
抵达……冰山之巅。

你湿透了的峨冠，
你湿透了的虹膜。
酒，水，绝望，
已无从辨别。
你吞下秋菊，
骑上黑色的骏马，
最后一次，跨过

时光的栅栏。

白雪，琼浆，诗句，
在空中飞舞。
你那熄灭的国度，
在烈火中，在流水里，
在你峨眉的祭坛。

无处安放的颅骨，
疾驰的彗星。
你听到砾石在歌唱，
黎明的喉咙里，没有
人的声音。

你是你白色的良夜，
并与它融为一体。
你是你盛开的鲜花，
在汨罗江中奔腾。
坠落。流逝。

生命之美（外四首）

黑　光，本名程艳中，安徽怀宁人，1971 年出生，2017 年 3
月在深圳市梧桐山大望住所病逝，终年 46 岁。于
1995 年开始诗歌写作。"不解"诗群成员。著有诗集
《有情众生》《人生虽长》。

生命之美，不外乎眼前之榕树
不外乎榕树下盘腿而坐的我
我周边的青草泥土和落叶
都没有愿望
都满足于此时

有　衡

狮子不懂鲨鱼
云朵不懂石头
你照镜子，我写诗

我低头看月，你抬眼观花
一样宇宙，不一样切入

你穿旗袍倾诉民国
我开窗户速写今时

隐 归

清晨由鸟，野草由风，禅坐人由古溪
我由词语，敲开意识幽闭
我放萤火虫一只飞夜晚的森林

满载人的地铁正穿行隧道

若要寻找我，请循着木棉树干
循着桃枝，循着紫藤茎，请往顶端看
也可耳朵贴着地面，听

乐 所

是梦非梦似梦
经年在梧桐山穷溜达我
已略显山水之气
时间交由野花野草
空间交由树杈、闲云、飞雀
活泼交由溪水与风
问我之所乐

路上走走坐坐
间或轻闭眼睛
释放内心舌头

旅　孤

枝叶垂水，风送涟漪，深影藏鱼
智者心意，乘觉而来

春花已开，春草已深，光华已泼
智者心意，荡苦而去

我内心藏有雪霜
众生哀处即我去处

诗四首

王　军，简介略。

错　误

总想在
你的年龄靠近
我的时候
牵着你

从春天
盼到了秋天
从青春
盼到了暮年

才发现
在你向我
靠近的时候
我却
离你而去

你快不了
我也慢不下来

在年龄的轨道上
我们永远没有
没有
相逢的那一天

四处张望

我热
我被飘扬的高尚烧灼着
在道德的丛林里
我四处张望

我热
我脱掉一身夸张的广告
在喧闹的集市里
我四处张望

我热
我花掉最后一块人民币
在丰收的田野里
我四处张望

我热
我像狗一样张口吐舌头
在激荡的灵魂里
我四处张望

中 秋

已是中秋
又是中秋

甜得不行
腻得不行

喜欢中秋的心思
愁死中秋的味道

江 上

我摇晃着山
把云摇到了脚下

岩片蛋壳般泛白
蛋清漾成千里迷幻

人在眼里不是人
翻出满腹真实谎言

摇不动了还要摇
直到摇丢了自己

七、林中的树

东风未过（外五首）

李　浩，诗人，1984年6月生，河南省息县人。曾获宇龙诗
歌奖（2008）、北大未名诗歌奖（2007）、杜克大学
雅歌文艺奖等奖项。作品有诗集《奇迹》《穿山甲，
共和国》《还乡》（Powrót do domu，波兰文诗集，
2018）等。现居北京。

请把樱花标本摆放在书架上巴尔特的位置。
隐藏那只蝴蝶，隐藏那个点燃香烟的身影。

我们得赶快把窗台上，那些小动物的尸体
放入装木糖醇的小瓶子里。让水洗过的

地板，闪动星光中的花骨，去接一个人，
我的墓地，在死者的家乡，不能平静如初。

少女葬礼

你让我的爱，慰藉哭泣的母亲。
你让我的爱，目睹光的影子，

像一条云蛇那样，缓缓吞下
喉咙里的青石。那无法治愈的，

你的血液，仿佛荒野的石碑上
湿淋淋的地名。穿过晨烟的光芒，

使我眼前的月季花，在灌木中，
被血癌遗忘——那宽大睡衣的，

那黑夜的，祖母绿的吞噬能力，
驱使我穷尽白色墓地上的花蕊。

雪

雪花从空中飘来，落在我的脸上，
安静地融化。从雪花飘落的
寂静里，我触摸到了雪的孤独。
我站在雪中，将自己雕成时间的雪人。
我站在雪中，阻止大雪把你活埋。
你知道的，"这一切，是那么多余，
多余得，叫人相信死。"可是，
我还是迷信爱。我孤身一人走到
夜晚的尽头，这路程多像森林！

统一场域之舞

我们被带入幽灵的灯和火中。
花朵和花朵，绽放在手掌上，
时间逐渐扩大，未来越来越少。

它们被昏暗中的树记忆：
我们被包裹在自身的洞穴里，
沉默污染着我们的血液。

轰然倒塌的秋天，砸向树冠之时，
（那些九月的孩子，身体很轻。）
你房屋里的门窗，没有颤抖，

你早上的冬日之光，结出回响。
灰尘飘起，落在镜子上，我依然沉重，
脚步太近提不起行人的命运。

向水面

堤岸上鲜花绽放。花环
为死亡囤积香气。他与水面

对坐，观望盲宅失窃，
寻觅丛林里的绿色面具。

他说，他要引爆炸药。
叶色浮沉，类似暗道。

白刃游动，一个人枯萎得
像普洛塞耳皮那，以胃镜左右微风。

她的全部被她自己升起。
她在逐渐扩大的清晨里，闪耀蜻蜓。

飞马穿过山雨，漏掉的
碎石，如同少女身上的银器。

长夜上

安静的，不安的，
倒向无头之体。

疾病迅速步入
修仙之境。危楼内壁

呼啦啦的水管
响彻梁祝。你将手

插进刺眼的晨光：
站在甘渊洗澡的

羲和，打开日落。
欧特碧在长夜长生荻木。

雪女自空山飞舞，
封堵生路。从此，

黄连的苦，如同诅咒，
叠加你我的一生。

很多山魈嗬，就像一堆
头痛，正雇永恒轮回。

鳟鱼秋海棠（外五首）

王　风，曾用笔名缎轻轻。生于皖南，现定居上海，中国作家协会会员。入选 2017 十月诗会，参加诗刊社第 34 届"青春诗会"。著有文集《一人分饰两角》、诗集《心如猎犬》。

数年间
我始终坐在缺角的竹结椅上
少女在暴晒下拍打
棉花被，一株鳟鱼秋海棠
啃食脖颈上的阴影

而卧于我体内的
隐形人，每天晨起
煮浓稠的白粥
在窗台摆上鳟鱼秋海棠
额头沾血液的嫣红
纯如琼浆，汁液涌出
这一涌，便是三十年

我已走向衰老，海棠低垂

向深埋地下的事物伸出渴望的双臂

而写作常脱离椅上，人影
在我日渐急促的呼吸间穿行
花案混乱中强光刺过
空中蓦然掉落一束异样的海棠
热气滚烫……

雏燕与榕树

榕树阴影，始终
盘踞在你脸上
黄昏鸦群
牡丹瘫倒
案头轻烟升起

蠕虫涌动
你蹙眉，掰开这强光下
发酵的面团
光线从孔穴穿过
恍若我们经过湖水、粗砂、一间
街边的土菜馆

一碟蒸腊肉腌制的咸鲜之上
我盯着墙壁上
光影摇晃，线状的你

的鼻翼和侧脸

茶水淡味，雏燕停
立于茶碗边沿，忽然
浑身战栗

新生常谈

坐下来，与我
来一场新生常谈，2021 年，握手
和自身的匮乏，和解
没有什么在死去
没有什么在诞生
人与物将在暂停中重获新生
这停止键，由谁来揿下？

站起来，与我
拥抱，像抱一个生死恋人
这个充满缺陷的人，没有性别
没有喜好
只是曾爱你、恨你，曾在镜中
朝你蹙眉瞪眼，孪生子般
寄居于你体内，请出吧

躺下来，与我
侧卧，体会欢愉、怀胎、分娩

我经历了两条命

在产床上的挣扎

疼痛使我意识模糊，誓言荒唐

迟早失效

我绝望的褐色泡桐枝丫正向空间延伸

紫色衰败花朵，雌或雄蕊里

隐藏的恋人，在冬日重塑

一个完整的闭环，起点亦是终点

我与另一个人重合

我与人群叠加

我与广场上时钟摆针走动频率一致

直觉循环，万物催生

乳白的羊

整夜铲羊圈里的雪

冷风从四面八方涌来，朝向圆心，一张猴面

你张口结舌……看一个男孩伏在战争后的墓地

揭露疤痕新鲜的疼痛，他哭出羊音

规律，总会被打碎

你倚在白桦树下

老树固定，一个掉队的骑兵

地面上都是你滚烫的泪，世界
是一匹癫疯症发作的狼

而你的羊，从口中吞吐跑出，绵软
爬行，却并不恐惧。乳白的羊啊
别睡觉，跳舞

新楼道

风，震怒。吹向
银河，莹白色川流于我脚下
新楼道，穿过时
我头皮发麻

像一个踉跄的醉汉
我身怀一座人形的虚无，眼睛望向
大厦，仿佛空无一物。今日立春
桑树伸展枝丫，还未发芽
时空流转，星云在黑暗里等候一把铲雪锹

还未理解这些玄秘
我们的心事和面容，起皱
折痕微乱

自然的楼道穿过我的神经，而物理的
楼梯，正积聚、塌陷……

镜面折射光

镜面折射光
照耀人群的头顶，情景回应
事实的合理性，冰柱、蛀虫
灰尘密封真相——你观察
早盘经济指数
像察觉母亲，她不断塑造你，却喉头嘶哑
不愿吐露你的身世之谜

你把自己关在房间
盯着收益或亏损 红或绿，线条曲折：事物渺小，感情甚微
你正在怀胎新的诗句

当猜想成真，手掌兴奋抓碎你的虚弱
而误判时
你不敢幻想，对着镜子
瞪双眼，额头褶皱中埋伏着军队与蚂蚁骑兵

晚熟的橙（外四首）

王二冬，男，生于 1990 年，山东无棣人。现居北京，系快递
　　行业从业者，山东省作协诗歌创作委员会委员。著
　　有诗集《东河西营》《没有回家的马车》。参加《诗
　　刊》社第 36 届青春诗会。曾获第三届中国红高粱诗
　　歌奖、"我向新中国献首诗"一等奖等。

草堂河右岸，雾色深沉如天幕倒挂
船只在碧水中远行成秋叶而后消失于时间
停止生长的杜诗和白帝城
沉默在休渔十年的号子声里
只有江水在涨，万重山脉在我们的远眺中
垂下脖颈，我看到雪线以下的斜坡上
新的山脉正在隆起：农历十月的夔州脐橙
在三峡之巅的照耀下，还洋溢着青春的色彩
这被云雨、歌唱和永恒之水滋养的脐橙
少女乳房般朝天生长
再往上游，峡谷正被勒紧咽喉
中年人说不出口的爱情，一场雪崩即将发生
我暗自握紧手中的脐橙——
这无数滴水在时光中抱在一起的雪

怕它成熟，化为长江的一部分
又怕它不成熟，难以抵抗人间的寒凉

我们总隔着一层肚皮

儿子，当你还在妈妈肚子里的时候
我就常来敲门，跟你打招呼
你在里面翻滚，练习未来如何与我对抗
也偶尔踹几下，一不留神
就踢走了我的青春年华

我觉得你是一团火，先灼伤妈妈
然后点燃我们的生命，直到烧成灰烬
在与你亲密相处的十几个月里
才发现，你其实是一汪水
从嘴边或眼睛里流出，浸润在
我们生活的每一个角落

在厌倦了妈妈的肚皮后
你开始盯着我的肚皮发呆
像一只小兽，试图亲近或攻击
以至于我怀疑自己的肚子也可以孕育
我想象十月怀胎，想象赘着一座山
想象头发脱落，脸上长满斑
想象一把刀，把一切想象拦腰斩断

儿子，我和你总隔着一层肚皮

有时也可能是两层、三层或更多层

就像我跟我的父亲，我俩的对话

少到你都可以数得过来

我能听得到他肚子里的风

一遍遍吹过暮晚的麦田和深夜的叹息

我知道他肚子里的愤怒，他的斗争

他没有对我讲述的一个男人的无奈

有时我也会装作不经意

瞅一眼我母亲的肚皮，我多想

在她怀里哭喊着睡去，我多想

重新回到她的身体

像你一样，一边敲打着妈妈的肚皮

一边问我，你来自哪里

声音是眼睛看到的

声音是眼睛看到的，而非耳朵

你站在解封的湖边，看到百花在春天绽放

蜜蜂飞过草丛，你看到蜂蜜开始流淌

面对貌美的姑娘，你一次次赶走耳边的

乌鸦，约会的铃声随之变成喜鹊之舞

你紧盯着电影屏幕，不断校正着

主人公的口型、字幕和对白，以此确认

他们的爱情或家庭是否出了问题

你的左耳朵和右耳朵经常打架，你不知道
同时来自故乡和远方的消息是否会撞车
你只有睁大眼睛，无论在梦中还是醒着
在这人世间，你选择相信一切美好
除了生命短暂，来不及爱一些人，别无遗憾

雪花拼图

爬爬垫上，雪花在儿子手中
立起来，向上生长着
仿佛要回到天空。五颜六色的
雪花，每一片都是八个叶瓣
八种喜悦和憧憬编织在一起
构成一个孩子对世界最初的认知
在与他相处的半小时之前
我所认识的雪花只有一种颜色
悲伤的暗白色，落满流浪者的肩头
陷入并加深赶路人的泥泞
或是拉帮结派，压垮一幢老房子
一个失恋又失业的年轻人
一座经历了几千年风雨的山
我不曾知道，雪花还是绚丽的
是可以从泥土中飞扬起春天的
可以盖出一方家园，一排排房子
一个刚会喊爸爸的孩子
坐在屋顶上，看着迎面走来的世界

游凉水河

在凉水河公园，我和儿子
从下游走向上游，像闸口处
两条逆行的鱼，跳跃着
他轻盈，他更易接近天空
他会飞起来，从我此刻牵着他的手中
飞起来，我希望
他能在逐梦的过程中变成一只苍鹰
在一次次俯瞰山河和回望故乡中
明白河流的真理——
不是所有河流都发源于高山
有的发源于母亲，我们都从中孕育
她们给予血液、乳汁和操劳一生的疼痛
不是所有河水都属凉性或冰寒
有的是热的、沸腾的、滚烫的
比如青春的河流、永远斗志昂扬的河流
不是所有河流都分布在大地上
有的倒挂在天上，当你仰望
你能从那些星斗中看到水滴晶莹剔透
那是先祖的眼睛，保佑着
东河西营和我们作为凡人的一生

鸟 纲（外四首）

张常美，1982 年生，山西人。有组诗发表于多家刊物，有诗歌入选多家年选。获第十七届华文青年诗人奖。

从混杂的叫声里，我分辨出了
这一种鸟和那一种鸟
从巢穴外的千山万水
我也认出了这里和那里
——翅膀也有种族和边疆
这一只和那一只，有时候是邻居
有时候是天敌
阴雨中的鸟不能飞进烈日下
危崖上蹲踞着的，不能独立于水面
你不能和我说话
所有的鸣叫都是孤鸣
天空吹来的风，数着鹰隼的羽毛
也数着鸵鸟寥寥的羽毛
看上去，只有孤独是它们共有的

躲不过

我在这里活过，也在那里活过
为了躲避时间嘀嘀嗒嗒的追踪
群山和大海之间，我四处奔波

最小的时候是我最成功的一次
在母亲肚子里，我躲了九个月

她已不在，我已没有藏身之所
和我一起躲过的人都沉默不语
所有悲伤欢乐我们已不记得了

把一条路逼急了

它会上山
会过河
也会突然掉头而去
留下一群人
茫然不知所措
也有人往荒草中走去
没有人能劝住
没有人跟上来
那时，他的背影略显悲凉

但自己看不见
没有人凝视太久
趁着余晖，他们已各自散去

怎样才能拥有远方

拥有远方的事物都是明亮的
河流，窄窄的钢轨
眼睛，和它流出的泪水
太阳和月亮
拥有远方的事物都是孤独的
因为不在我们中间

让我觉得，是明亮的孤独构成了它们的远方

灯　盏

摁灭高悬头顶的灯盏
我们才能结束这一天

睡去。如果哪一天
它彻夜亮着

不是因为我们有了难以了结的心事
就是想用尽了这一天的所有光明

我们太疲惫了……
在白天，如果那灯盏仍旧没有熄灭

不是因为我们的屋子太暗，就是因为
那个人还没有从昨天的黑暗里醒来

霜降过后（外四首）

姜莞莞，生于云南昆明。爱茶，爱诗歌，禅意生活，自由撰写。2015 年开始诗歌创作，作品获得多个全国诗赛奖项，入选多部诗歌选本。

一个转身，心就冷了许多
秋的余温在午后沉浮，不对清晨
做必要的阐述。穿纱裙的女人
用柔软的腰肢在街面缠绕，像是
在捕捉蕴含在深秋你最后的温暖
林叶肆无忌惮地飘落，抓取在枝丫上
倔强的灵魂。想在冬天还没有来临之前
占据季节的半壁江山
畸形怪异的小花，也是倔强的
用最后一缕芬芳，彰显秋的坚守
像田野里苍老的耕夫
把汗水洒落在坚实的土地上
他想在第一场雪还没有到来之前
为一片庄园铺设一面柔情的绿色
而对于即将到来的苍茫
从不做更多的考量

午　后

再没有别的事物，给予风的轮廓
止步于芦苇，或者止步于水波
都成了宿命里优雅的常态
阳光总以他温柔的触角，抚摸土地
感受生命，也感受生命里跳动的灵魂
天空里的艳遇，可遇不可求
在蓝色的海洋里，播种属于春天的种子
冬天的锁骨，如此清奇
即使是冷，也表现得完美无缺
比如我把衣服当作旗帜
挂在世俗古板的脸上，在风里展现各种情节
我用稚嫩的小手，掀开云朵
细碎的阳光，落在我灵魂的碎片里
然后，就像我，在这个冬天
收集了所有的人情世故
完成了短暂的统一

风　声

退守在一个隐秘深处，让撕裂的声音
一次次撞击墙壁，也撞击信仰
缝隙里透出的光芒，被树叶和草屑

遮挡，在朦胧之中，挑动心里的疼痛

芦苇朝一个时代倒伏，一个人的身影
带着凌乱涣散的脚步前行
矮下去的山坡
一只蝴蝶蹒跚着寻找可以栖身的花蕊

这个世界的真相，并不能被风带走
门窗开开合合，飘浮的尘埃
成为最轻浮的事物，不能撬开
一段过往里最本质的豁口

秋天的风，平静温和
却总是吹得人，心泛涟漪
沉默者压迫着沉默，事实无法得到喘息
在安静的地方，一条小溪叮咚地发出声音
惊起一阵欢快的虫鸣

桂花落

在秋风里闪烁其词，僵硬的雨水
冷成了季节的利剑，撕碎了西风
也撕碎了，停留在夏天温暖的心事
正如花瓣，坚挺地挂在枝头，孤独地挣扎
却改变不了跌落的命运，无力的呐喊
想期盼什么，无非是一种等待，一纸契约

或者一种意识里相互依存的信念
隐匿在苍穹的颤音，是萧瑟的
正如握紧一缕秋风，想郑重其事
却也徒劳无功，一个季节需要多长的等待？
在恍惚中经历时间的缄默，却无法求证
一个心情，在寒风到来的时候
会做出怎样的愤怒，只有赋予窗台的凉意
让寒露在夜深人静的时候
去书写，内心寂寥的孤独

枯 荷

风吹落树叶，在土地上留下重音
婉约的往事，被骤降的温度，收拢
残存在风骨里的诗句，有着坚硬的词汇
在冰雪还没有到来之前
做出最后的坚强陈述
池塘的最后一丝温暖，被冻结
深入泥土的温柔，在不被感知的地方
积蓄能量，或者等明年的暖风
吹开河面，在风刮来的时候，寻觅
与土地藕断丝连的一些痕迹

一、新疆诗人小辑：一口饮下人间的烈酒

塔里木的夜 （外五首）

老　点，本名代敦点。生自豫西南小盆地，活在新疆塔克拉玛干大漠边缘，现居新疆兵团第一师阿拉尔市，媒体从业。痴读书，好文字，生存之余，写有诗歌、散文、评论等。

这浩大的夜
幽远得深不见顶
那夜色有着炭精一样的黑
和着星光的微茫
这夜汁的黑香水
浓烈神秘

我曾在那夜里长长地行走
像个迷路的孩子
久久地仰望高处
直到泪水一阵阵地溢出
我知道那是群星没入了眼底

有一种故乡是村庄

有一种故乡是村庄
就是从那里
从那泥土
从那寂静之中
你走了出来
在人世上悲歌或欢唱

当你十指枯槁，黑发成雪
当你历经生活
你要转还故乡
回到村庄

回到村庄
你要看一看母亲
如果母亲不在
你要抱一抱父亲
若是父亲也没有
你要跪一跪大地之坟

四点三十八分

再差一里地便到家了

你看见了村头的大榆树

看见了你家的灰屋脊

看见你死去的三叔提着鞋子

要是跑快点该多好

你怎会一下子就醒了

醒在万里外的西域

醒在凌晨的四点三十八分

在此刻

囚禁在圆形钟里的时针与分针

正迈开双腿

深一脚浅一脚地朝故乡赶去

数星星

一颗星星是夹在眼中的泪滴

两颗星星是一双稚嫩的儿女

三颗星星是枕边的爱妻

四颗五颗星星是老迈的父母

六颗七颗星星是左右的兄弟姐妹

八颗九颗星星是远逝的爷奶祖宗

十颗十一颗……是全村的男女老幼

就这样数呀数

一直地数下去

数出了家园、地域、国度

数出了山川、广漠、大海
数出了动物、植物、万物
直到在星星的群落里迷失
才发现
每颗星星都是你流浪的码头
那里闪耀着人类古老的乡愁

三月，想起海子

三月的长号吹响
三月的笛声悠长
山草青青
天光明亮
鲜花绽放
山海关的山坡上是一群啃草的牛羊

小胡子的兄长
你写下麦地、村庄
马匹、草原、河流、山岗
你写下一位站在篱笆旁歌唱的姑娘
小胡子的兄长
一脸坏笑的兄长
仰起头来
豹子的长鬃飘扬
一口饮下这杯人间的烈酒
圣火猎猎，天车轰响

小胡子的兄长

孤独的豹王

你踏上高高的山岗

就真实又干净地死亡

你把黑暗之上舞蹈的心脏叫月亮

小白羊

妈——妈

妈——妈

它叫一声

我叫一声

我叫一声

它也叫一声

这只羊

这只小白羊

拴在树根上

它那柔软的样子

它那清澈的样子

它那害羞的样子

像一位乡下的小姑娘

小白羊

主人已把刀子磨亮

草地上落满了你哀叫的波浪

小白羊

你的悲声

震得树叶乱撞

西域组章（外四首）

董　赴，新疆作协会员。毛泽东文学院十八期中青作家学员。20余年从业传媒。好读书，耕侍文字多年。

苍茫敷在掌上，尼雅的竹简、残章埋藏异域。叶尔羌燃烧的手鼓和倦红的夕阳，涤荡辽远，河流把灵魂交给泥土，语言交给了风。

克里雅河，安迪尔河沿岸的芦苇和红柳、胡杨，恪守空寂。斧痕还在，肖梯木残垣，用一架犁翻开履历。喀拉库力湖色彩变换，慕士塔格冰雪绵延。玉其塔什草原炊烟袅袅，毡房、库姆孜琴和老人弹拨着月色。

帕米尔鹰笛高亢，石头城下，塔吉克族纵马飞奔。白沙瓦湖云影漂泊，其克拉孜的冰雪飞瀑激荡山谷。砖茶、沙朗刀克、无花果和弹布尔的故乡——吐曼河和高台上的卡龙琴，燃烧的陶土，喀什噶尔的老城浓缩生活的原味。

雪豹追逐岩羊，涂得格登山野星光闪耀。库尔德宁、巩乃斯河畔马群沸腾，赛里木湖、果子沟、青格里河、哈巴河、乌伦古河、布尔津河奔腾着奶茶一样的歌谣。图瓦人的楚吾尔，触摸木屋的村庄。喀拉峻大草原，库尔代河和心一起跳动。

托布修尔琴，沙吾尔登歌舞盘旋翻绕。罗布人划着卡盆。波斯腾湖蓬勃的苇根，泥土和碧水养育深处的鱼群和人烟。

安西都护府的荣光消散，齐兰烽燧伫立荒野。浸染云烟的籽实，扎进塔里木的腹地。亘古的戈壁，绿洲绵延，瓜甜果香。

艾德莱斯绸裙闪动，十二木卡姆荟萃千年时光。玉龙喀什河的雪水清凉，昆仑山是神祇的殿堂。

北庭记忆

烽燧的诗行残破，野草绽放的传奇，梳理吉木萨尔的记忆。铁骑驰骋的葱岭，西域、北庭屏藩屯戍，疏勒的国度，农耕与游牧在雄浑与辽阔中角力。

牧鞭甩出黑夜，天山北麓，别失八里解读一座座城变幻的脸谱。穹苍作赋，湖泊干涸的草原上，毡帐燃成灰烬，土夯的城墙、陶瓷、瓦当，镂刻车师古道的险峻和曲折。

佛洞香火旺盛，皇家的命脉，寺院烫金的壁画，高冠的供养人像，涂绘北庭、高昌的文化脉络和禅机。金戈铁马，历史的风尘明暗交替。冠冕坠落，梦呓的册页千年沉寂。

火烧山的石头和交河故城停留时间的关口。鸟啼刺破寂寞，络绎不绝的履迹和驿铃，孤悬塞外的北庭，烙进铁血的疆域。破城子悲壮的呼吼湮没，梭梭林、芨芨草和红柳，弥漫空旷的雪野。

古尔班通古特沙漠和荒凉结伴。卡拉麦里，普氏野马、黄羊和野狼谷交织生命的律动和博弈。五彩湾，花儿沟，诉说色彩的滥觞和新生的魅力。

龙沟遗址用目光凿开史册，霞光，抒写木垒河与古海温泉的风情。白杨河岸抖开锦缎，汉血的精魂融入北庭。

鄂尔多斯长调

龙口的绿敞开，河套蜿蜒
白条鱼，褡裢和羊皮袄在马栅
讲述命运，巴图湾阡陌相连
乌兰陶勒盖牧场马群伫立

黄土高原的峡谷切割苍凉
乌审沙漠，无定河拥抱浑浊
史前的披毛犀，揭开神秘
萨拉乌苏河和长城曲折

红柳、沙蒿、梭梭、沙打旺
羊群、牛群和骆驼咀嚼晨曦
红腹锦鸡、野兔和蜥蜴
黑木耳和肉苁蓉藏身沙蒿丛

歌谣停留在经幡上面
七彩的长调，马头琴沙哑
暮色颤抖，群狼在日落里长啸
一匹马躲过凉薄的西风

鹰藏在岁月和骨子里的陡峭
玛尼旗和察罕淖尔湖
抚摸秋天，马奶酒，酥油茶

静默的存在

和一只只羊骨肉相连

寂寥和蓊郁被扯成一截
康巴什的山梁上，油松、杨柳
白桦树，把一坡坡灌木省略
达拉特旗农家和月色挤在一起

鄂托克前旗的雁鸣叫醒天空
秋风跌落，响沙湾黄沙诵经
稀疏的枯草，被季节扶起
风吹过晚霞，一座座山梁绷紧肌肤

蒙古马·长调

弦流的马首，古歌的长调里
浪涛的长鬃抖落命运的苦寒
它俯首站立。时而踢踏，蹓步，转身
时而，望向苍茫的河曲

野花遮住胸腹，海子和云朵
相互表白。碱草、冷蒿、针茅、口蘑
流水涂染金色，消逝的蹄音
隐匿的唇语，留住一群狂飙的剪影

星辰密集宣泄，牧人酣眠
月色冷寂，琴声安抚疲惫

乌珠穆沁的毡帐排列几重孤独
马奶酒的惆怅，若有若无

牧人们反复勾兑生活，敖包
在克鲁伦河的深处，熬煮温暖
宝格达山隆起昭示，西征东归
谜一般消失在勒勒车路的尽头

黎明的疾风吹彻阴山
奔波，隐忍和席卷对峙。湿热的
响鼻，篝火的灰烬前，咴咴嘶鸣
企图唤醒另一片孤独

迁徙，合群，逐水草而居
驰骋，生死，栖息与安放相依为命
每一匹马都深谙草原。埋头饮水
鄂尔多斯，敕勒川的炊烟卑微

情歌的科尔沁

1

山脉走向和缓的命运
西拉木伦河把草抱在怀里
雨云和大雪涤荡的科尔沁
辽阔射向天穹

马鞭穿透整个夏天
斜阳下，牧歌还原了质朴
通辽古哈民遗址的残迹
敖包的味道与夜融为一体

2
霞光和鸿雁排成诗行
萨日朗涂染，莫力庙苏木的
那达慕，用海碗端出情话
长调和呼麦血脉中游牧

云雀和叫天子重逢
伊敏河清点过往的秋色
套马杆追随乌拉山和大青山
奶干酸涩，苍茫交付鞍鞯

3
雨点砸向蒙古包，拴马桩
比尔罕亲王的宫殿活得长久
穿堂而过的风被经幡用旧
牧民和牛羊用艾蒿熏亮暗影

奶茶住在身体里，马头琴上的
西辽河，江山社稷的银丝
白桦林撩动篝火，额吉的裙摆
和雕花马鞍在勒勒车上静寂

我从未与世界如此和解（外五首）

吉　尔，女，本名黄凤莲。中国作家协会会员，新疆作协签约作家，医务工作者。作品见于《诗刊》《星星》《中国诗歌》《绿风》《诗探索》等。参加中国作协《诗刊》社第30届"青春诗会"，出版诗集《世界知道我们》，获首届"诗探索·中国春泥诗歌奖"，获第一届和第二届"塔河文艺奖"，现居新疆阿克苏地区库车市。

我见过世上最清纯的月亮
在寒夜的苏巴什城，她长久停留
我看到世界黛蓝，佛教黛蓝，寒凉亦在黛蓝中
我们对着镜头等月光变幻——时间如河

我从未这样对月亮痴情
也从未这样内心柔软，在月光里飞翔

整个晚上我们都在等月亮升起，等她靠近古城
溟濛中，靠近前世
我们拿走那一夜的月亮，卸下白日的苍凉
我们拿走黛蓝的手记，风吹醒亡灵

我们与这残城的寂静多么融洽
穹窿孕育，佛香聚拢
我们内心澄明
在这纷繁的人世仿佛绝尘而去

楼　兰

我不想说，湮没，和罗布淖尔
如同月球表面一样的荒凉
那无法转动的岁月的木轮
——楼兰，她是贵族的少女
她有着完美的死亡

她在劫难中
获得血、思想、一副美玉的脸孔

我们走近她
那些透明的沙子，废墟中
一个少女身体里巨大的棺材
她高深莫测的身世；和一枚睡醒的化石

楼兰，是有毒的少女
谁爱她，就爱她思想里的苦难
就爱她沉郁的死亡气息，爱她香料
包裹的高贵的骨架

——爱她残酷的，那些逃亡
一个姑娘和玫瑰的坟茔

小河墓地 ①

这片平静的房顶上有白鸽荡漾，
它透过松林和坟丛，悸动而闪亮。

——《海滨墓园》

在这里，没有什么
比没有破译的文字更疼
没有一种沉默，能胜过无字墓碑

在这里
死寂是最大的哀歌，而亡者拥有神明的眼睛

沙漠里波涛滚滚，为贫穷忘记忧伤
为富贵带来哮喘……多么完美的一天
落日熔金般洒满废墟，百花在海市蜃楼前盛放
多么宁静的黄昏
仿佛人间第一个黄昏，在那里宁静不动

在这里，墓地是荒漠中的花簇

---

① 小河墓地，位于新疆罗布泊，是中亚历史和世界考古界沙埋文明中最难解的千古之谜。

古人的骷髅闪闪发光。他们宽容了时间
把内心的苦痛和悲悯化为慈悲，如同祖母的爱
垂下眼帘，鸟鸣雀跃——
说到亡灵，是一件多么敬畏的事情

悖　论

说到我，请说到文本
说到刻薄的词，命运，像雪片一样飞舞的星空

说到我，请叫我的名字。如果你愿意
就叫我诗人，而不是
女诗人

我爱这暴烈的阳光，悲凉的人世
我爱这坦荡的大地
我爱过浑浊的河水和不分黑白的涛声
我爱过词语，如鲁莽的少年

"这世界的、地域的、河山的、民族的、命运的……"
这美妙的统治
我坠入诗人的悖论
如果非要把我和现实连在一起
有些，是难以启齿的

哦！请不要怜悯我，不要说到性别，孤独

关于我
一个主妇，一位母亲……
一个与词语纠缠不清的人
须把笔削得越来越尖，把有些字写出血来
把有些词攥进命里

早安，先生

早安，先生
我们应谈谈天气
比昨日要美的日出，寂静的街道
驶过拉菜的卡车

像亚当·扎加耶夫斯基那样
尝试赞美残缺的世界
像雷蒙德·卡佛那样回忆起今天
我们曾谈论过什么并不重要

像辛波斯卡那样向伟大的时间道歉
并向逝者道歉，只因我们还好端端地活着
世界没有消停一天，疫情，洪水，战争
而我们还活着，并继续活着
这是一件悲痛的事情

早安，先生
解封后就去大自然腹地

我将它视为庄严的事。我们应带上食物
去沙漠看星空，去岛上看萤火
我们应穿行沙漠公路，去国家的最南边
带回什么并不重要，重要的是
我们送走日落和迎来日出的每一个时辰

早安，先生
准备好我们的行程，带上你的乐器
我们需要摇滚，用嘶哑的嗓音
唱出篝火
走开，虚伪！走开，谎言！我们自己就是风暴
我们自己就是中心、宇宙、太阳、古老和明天
早安，先生！晚安，先生！
打印我们的诗稿，撒在我们走过的路上

晚安，先生

看看星空吧，就像我们对尘世的爱
那么浩渺，又那么缥缈
我们的过往不是消失了，而是在虚无的永恒中
像星际一样在运行。先生
秋天就这样来了
每一片落叶上都住着小小的灵魂
听，忽紧忽慢的夜风是他们在唱诗

晚安，先生

零点的时候，我们一起看北极星

在群星照耀下

陨落的事物回到自身，恋人们得到爱

我们将得到祝福

先生，我爱夜晚胜过白日

没有山阻水隔，没有众山之巅

没有沧海无边

我们在星空下相见，语言像萤火一样起飞

人世还有不可逾越的距离吗?

晚安，先生!

一切都将过去，灾难也是

晚安，先生!

愿尘世的梦都有归宿，愿我们是有彼岸的人

科克库勒的午后（外三首）

刘二伟， 1981 年生于河南太康，有诗歌作品发表于《西部》《绿洲》《兵团文艺》等刊物，现居新疆兵团第一师阿拉尔市。

树影缓慢地从窗前走过
冬季里交错的枝条
如凝固在土陶腹部迟疑笨拙的急流
那一刻也许我们和祖先们一样
把对灵魂和未来的惶恐共同刻入泥沙

科克库勒的大河空空如也
树丛勾勒我的醉意
我并不知道该怎么改变沉默的荒野
说：跨过斜阳的苇花如站在镜子前的孤独
不经意又把模糊不清往事晃动起来
往复季节一样把杨树相拥的枝条擦得亮白

科克库勒的红柳丛低矮卑微
那些不可明说的心迹投射你丢弃在空瓶里
把昼和夜揉成光影

像树丛的间隙里闪耀着的拥抱
我们都听到时光拾起，折叠压碎
漫延成整个河畔那纵横的荒柳

刻舟求剑

稀薄的羊群缺水时
屋顶和花瓶都还年轻
我把敬意留给遗憾的弹指之间
屈从，拆解，迂回的云朵
逗留于我的屋顶如一件事
在过往里伤怀着炉火前的夜谈

放眼望去，那刻舟的人依旧保持在如镜的水面
时间和花朵枯萎在一起
簇拥着屋顶稀薄瘦弱的羊群
和崭新的花瓶

我和今天一样
保持刻舟的样子
看你入水
跃入那扇通往别处
只在一瞬才开启的门
我在水镜之外惊恐万状
盯着天花板的灯光和阴翳中的烟火明灭
深知敏感的水和羊群

也未明了身心流逝何处
只是饮透夜色
在舟上来不及作别

悬在水上水下的是如刀般冷郁的旧事
彻夜无眠地割屋顶坠雨的树丛
在衰老突然降临前
我们到底需要什么样的深渊
才肯把爱安然地潜伏

戒的秘密

一枚戒所具有的形而上的力量
是盛满符咒和暗语的圣器
这个爱情所衍生的器官
外化为欲望的唇舌

有时候他是一个一厢情愿的禁锢
一把温柔体贴的刑具
一个精心编织的圈套
用一把丈量和计读的微妙标尺
精密地测 25 毫米或 27 毫米的周长
手指这温顺的小兽
被捕获在眉梢的喜悦中
所闪耀的光泽在语言里解析、结晶
挤入一个狭窄而充满秘密的甬道

等待暗语献词般唱起
行歌在虚构的未来

我对语言和一枚戒的解读
不及青丝一缕地掠过
这是另一把弥音和悬雾的枷锁
从海上神秘而紧张地升起
正如试图掌控规则与天平的手指

三月十二日的塔里木河

三月并不比塔里木河陈宿的冰融得更快
这春已经势不可当
阳光抚尽昔日同谋时
那延伸至我们窗外仍依稀可辨的沙洲
悄无声息
几近于昨夜那对老雁飞离的样子
留下的一面镜子映着
与流水般日日缓缓、所剩不多的销蚀

三月的塔里木河
关于你的诗行似儿时肺结核留下的月影
漫漫纵横，隐秘地刻在每一次呼吸里
很多的年，很多的事
我们都不曾察觉
爱如流水混沙，浸入暗海

无穷无尽的

是蜿蜒之与河流

是我们都改不掉的弱点

敦　煌（外五首）

去　影，原名孟俊，青年诗人，新疆作协会员，新疆建设兵团
作协会员。

一千年的风雨凝结成佛像、壁画和经卷
一千年对美的赞美和信仰
被马车运走　被驴车运走
被春天和伯希和运走
留下不灭的油灯和藏经洞
留下虚空与敦煌学

大漠荒原上纵骑狂奔而来

交　河

唐朝的工匠坐在墙角休息
一千个婴儿的哭声陆续传来

细雨霏霏　牛羊遍地
天井深处门栅密布

带来坏消息的人被杀死在官署门口

织布、做鞋
有酒喝
一个孕妇带着匕首走过小路

高　昌

烟火迷离的烽燧、佛塔、可汗堡
一如旧时长安商贾云集　歌舞升平

玄奘默念经文庇佑庶民
可汗已乘白马去
黄土坡上黄沙扬

晋唐吐鲁番

1600 年前
黄口小儿在吐鲁番口颂《诗经》
经文里的诗和中原一样
经文外的爱情炽热滚烫

"菁菁者莪，在彼中阿。既见君子，乐且有仪。"

漫天风沙中僧人怀抱佛经缓步进入龛室

诵经声此起彼伏

阳光猛烈

冰川水香甜

一队骆驼客出现在大地边缘

尼　雅

伊卜拉欣将一截木牍带给孩子当玩具

古河道的尽头散落着碎陶

篱笆倾倒、佛塔沧桑、庭院废弃、城池残存

数百枚木牍在废墟里睁开眼睛

让佉卢文再一次看见风沙和太阳

绳结和封泥完整如初

似乎主人刚刚盖完印章，抽身匆忙离去

一千年后，木牍信封依然没有找到收信人

这封信是多么寂寞

佉卢文墨色如新

记录官署、佛寺、民居和果园

记录谕令、报告、契约和爱情

北　庭

王旗猎猎，天山缥缈

一只猎隼盘旋在北庭上空

贩夫走卒在外城高声喧嚷
军士身穿铠甲正在内城练习射术

弥勒坐像细腰交脚，沐浴在晨光里
诵经声从西大寺的僧房弥漫开来

沿着北、东、西三面的洞窟传向远方
传遍天山北麓

画师正在东面洞窟里绘制壁画
昏暗的油灯让他的眼睛漶漫不清

他在北侧的墙壁上画下王者出行图
他在南侧的墙壁上画下攻城图

二百年前岑参鞍马风尘，西行而来
长安不远，酒不停，歌不断，雪满山

灵魂之地（外五首）

塔里木，维吾尔族。新疆作家协会会员。诗作见于《诗刊》
《民族文学》《湖南文学》《诗歌月刊》等刊，部分作
品获过文学奖，部分诗入选《中国现代少数民族文
学作品精选》《新疆60年名家名作》《中国新诗排行
榜》等十几种选本，著有汉文诗集。

我在殷墟上
进入了古老的灵魂内部
一个又一个的经历
史上最早的贝壳图书
贝壳档案
流淌智慧的
三千年的地下管道

你可知道
世界是从这里开始
万物在甲骨文里呐喊
我游走在广阔的复活中
历史的重量
汇集于此

不朽之骨沉淀成岩石

创造奇迹

变成红旗渠 源远流长

穿越命运的隧道

流淌在安阳人

中华母亲的血管里

一首诗的延伸

一首诗

延伸至戈壁上的胡杨

雪山上的青松

延伸至十字路口

四季独自发光的交警

延伸至这片热土上

默默奉献的每一颗心

每一个建设者

延伸至金黄的丰收

梦的根

想象的孩子

在恒古，下雪的冬天
诗人变成想象的孩子
用天下所有美好的愿望造就诗篇，融入雪里
然后
滚来滚去，使诗篇变成雪球
滚来滚去，使雪球变成地球
然后，诗人把地球当作篮球
投进宇宙篮球架的球框
从那开始，地球承载人类的梦想
在宇宙里运转流浪……

在天空之上

在天空之上
太阳是我的心脏
星星是梦的种子
被传奇覆盖的银河
是宁静中向东暗流的黄河 长江
那照耀长城的月亮是我热爱的明镜
无论我飞翔多高
只想在泰山脚下
闻到黄色泥土的芳香

就像在天空之上

永恒之旅

九十岁
犹如乳臭未干的小儿
常有出人意料的妙语
用一颗童心与世界对话

五花八门的变化面前
以不变应万变
坐在黄昏的门槛倾听着日出的旋律
试图冲出老去的躯体

夜里总是在做梦
梦中穿上绚丽的彩虹
一手拿着拐杖 一手拿着玫瑰
踏上永恒的寻找之旅
虽然有来无回……

假如我老了

假如我老了
久坐在沙丘上和影子一起谈起
那个独自遥望着朝霞升起的日子

相信荒野上的丰收不是错觉

是年轻的心和远处的马蹄之声

假如我老了

我还是坚持从自己老去的躯体中太阳般升起

抚摸着枝头上蠕动的春天

仍将继续升起

为了更广阔的无限，更纯洁的灿烂，更至上的高度……

收　获（外三首）

杨　钊，本名杨永强。1986 年 1 月生，籍贯甘肃会宁。著有
　　　诗集《乡野书》等 6 部。作品见于《诗刊》《星星》
　　　《作品》《青年作家》等刊。现居乌鲁木齐。

从药巷抹去那段可供安歇的位置，
并找到最值得放松的闲暇。
然而他怀疑自己是否曾到过那里，
架线工人在黄昏一刻集体出动。

歌行里有火，以血液为燃料。
安静地享用他的眼、毛发、脑髓，
从骨骼内吐出灰烬，
他差一点错把中间的几粒

倾洒在蚕匾，和杜葵的籽实集会中，
沿着无根的轴转动。
杯具也打翻了，为两栖物种带去麻烦，
——你有否看到父亲的果园？

趼趾帮助它们爬行。骤然的脆响。
这些树蛙叫作红眼树蛙。
倒像是一场入夏之际的音乐剧。
他重返立身的位置，并从这里起步。

一种来自乡间的采伐从顶楼搬迁，
然而并没有雪景中鸦群飞过那般醒目，
没有牲畜受伤，这呼喘。
是铁钎在石壁开凿，是电锤击穿去年的幻觉。

透过激情

从整片红脸膛撑起一溜更红的胎记，
他让观察者的目光汇聚在那分水岭。
关于自然的信条，
在短暂的历练后，
又恢复了本色。
他曾在淬火的盆景中辗转不宁。
寻找一间空置的适合的露台，
他筹划着将影子的陪伴
挂在那里一整夜。
他首先看到堤岸两侧
是雪松们冷寂的歌，
麋鹿群被刻进了岩画里，
盈盈可握的星辉——
抛洒在随处可见的石碱花丛。

那猩红的笔直脊干也侵蚀冰原地貌。

同样曲折和强硬，从一化形为多，

从简洁投射至均衡，

沿对称的雪线，

他将再次回到观察者那里，

一起为衰朽的存在而切身度量。

在药巷

那时你和兄弟们扶着她的斗室周围，

北极光久萦不去，为了避开它的直射，

你们需临时搭起一间幔帐。

守夜人正为曙色做最后的整理，

他将给新的一天，拾掇出代表秩序的位置。

那鼠尾草已经返青，

突然大作的风雨，不禁使兄弟们低头，

而手臂仍向天空生长，轻微摇摆，

只要有片刻松懈，它就会掀开

你们守护的人字形防线。

相信你们一同亲睹了：

在这林荫遮掩的墙垣中间，

药巷已摆放好她的躯体，

她将永久地走出新的一天，

失却你们累世立足的热土。

赶　路

他决定了，去追赶一个正在下班的人。
他说了，这会儿时候不早也不晚。
那个总是走在他前面的人，只能看见背影。
那里，还有一座水墨都城，总是沿着巢形布局开来。
上面托举几朵云，用凌乱的线条勾勒，
它的檐角矗立成坚实的中心，
它的街衢是绕在手臂甩不去的丝带，
再往远凝望那景深，何止千百里——
像两座隔城探问的险峰，只在云雾中展露少许。
他还在追赶，一刻也未曾停步，
当接近那处叫作药材库巷的小区，
他抛开身边其他的人，径向前去，
暮霭中的门栅也发现了，为他亲手递上
奶白色的呵气，在过膝处有着波浪点缀的韧劲儿。

域外诗存（组诗）

郁　笛，山东省兰陵县人，现居乌鲁木齐。中国作家协会会
　　　员，新疆作家书画院常务副院长，新疆兵团作家协
　　　会副主席，《绿洲》文学杂志执行主编，临沂大学文
　　　学院特聘教授。出版《鲁南记》《惘然书》《坎土曼
　　　的春天》《石头上的毡房》《新疆诗稿》《在山顶和云
　　　朵之间》等诗歌、散文随笔集 30 余种。

青铜峡

我遇见了一条河，还是一座城市原初的雕塑
她是否，被遗弃在时间的荒野上，一万年，还是更久

这一刻，你的泪水漫过了我的头顶。多么汹涌的时光
蜿蜒的水，有如一头雄狮的睡眠

大时代的青铜，不曾沦陷的长河，青铜峡，远处和近处的
迷茫
遮遮掩掩的黄色胴体上，旷野弥漫，水声滔滔

贺兰山阙

多么久了，那么多悲观主义的激昂腔调，他们诅咒般的颂辞
终使贺兰山成为一道不可逾越的天然屏障

大地怆然，落日恢宏，我只剩下了这一次次遥望
长长短短的倒影里，贺兰山，总是一副英雄气短的模样

是呀，他何曾是一位苍老的巨人，塞上的风霜，胡虏飞雪
遥不可及的旧时疆场，我所能看见的，是一片又一片缺少雨
水的土地

我说的是五月之宁夏，漫漶的黄河，倒映着一座卧倒的山峰
而平原上鸟声稀落，那些忙于种植水稻的田野里，正是躬耕
者的身影

有时，你看不见历史的斑点，时间深处的伤，烙印了在大地
的脊背上
我总是觉得，每一脚下去，都是踩在了它隐隐的伤口上

贺兰山阙，凭栏眺。我只是踮起了脚尖，看那黑洞洞的山
阙处
狼烟燃起的乡愁，将士们裹尸的马革，早已浮云般飘散

夜宿沙坡头

这个夜晚是怎样到来的？长风如纱，飘然入梦者，应有故人
灯火酒肆，木门上的风和沙，归还了旧年的镌刻

我说，有一些沙是乘着梦境来的，大漠苦寒，摇了一夜风铃
有鸣沙盈耳。枕畔的温热里，细沙如棉——

只是愧对了夕阳，沙坡头假日酒店的风景如画
需要一些醉酒者的无理纠缠，莫名其妙的奇怪念想

我说有梦，你却春夜无痕。睁开了眼睛便是这早晨里的清冷
去去还还，我知道你说的是塞外江南，只是窗帘卷起，朝阳
如斯

去那村头小站，树影晃动着山顶上的阳光，近了，还是远了
孤寂的小站里空无一人，开往中卫的班车还没有出发

一个送鱼的拖拉机手，手里提着水桶，大声地敲着店家的
门环
他从鱼塘里赶来？他敲门的这个夜晚，鱼塘还没有醒来

紫色槐花

这里是沙坡头的春天，是春天里的，宁夏中卫
是紫色槐花的通衢长廊，是紫色浮动的沙漠的故乡

整个下午，我都在这些紫色的幻影里，小心地俯下身去
就像亲吻我的故乡，亲吻着一枝枝紫色的花朵

起初是大路的两侧，后来是宾馆的小径，最后是满目眩晕的
湿地公园
我一下子想起了那么久远的故乡，幼年村庄的五月槐花

还有新疆，那么漫长的漂泊里，一树槐花的摇曳
曾经使我的泪水盈眶。没有人能够告诉我槐花的故乡

如果命运也只是一次偶然的相遇，我愿意在沙坡头的春天里
遇见你，我的槐花；细碎的花朵，纷然而不炫目的，紫色花朵

观长河落日致王维兄

大漠孤烟，长河落日。出差塞外的王维兄，你辛苦了！这么
多年来
大半个中国，只剩下了一条孤烟万仞长，一枚落日，随江河
奔流

可是你知道沙坡头的明月会嫉恨你吗
可是你知道腾格里的沙漠村野，会躲避着你吗

没有，没有。超现实主义的王维兄，早就预见了这一天
他花白的胡须上，早已经飘然若动——

木兰溪

一个上午，我在这些葱绿和花朵里穿行，忘记了我的西域
大雪正在围剿着一座城市，寒风裹挟着的寂寞和疼痛

一个上午，木兰溪上的阳光，正试图融化我内心的坚冰
甚至远自宋代，一座石桥上斑驳的踏痕，水声滔滔

在木兰溪的石桥上，有过那么一个时刻，我的神情是恍惚的
仿佛故乡，那些少小的离别，这样干净的水，奔流而去

我只是望见了自己的眼泪，三十年的漂泊，何其匆匆
时光呀，多么像是我在远方遇见的另一条溪流，有如离散的
亲人

古 榕

这个季节里，是盛满了阳光的，一棵古榕树站在木兰溪的

岸边
　　一些凉爽，绿荫覆盖的每一块石板上，都是我此刻的远方

　　在南方以南，我看不见早已逝去的时光里，那些因循的往事
　　面对一棵古老的榕树，我的眼睛里满是泪痕、惶惑和不安

　　这些土地是如此的熟悉，这些河流，古老的石桥，参差的坡
岸上
　　人烟稀少。隐约的绿荫深处，我听得见一些乡亲的脚步声

　　只是远了，那些父母般的背影，松软的泥土上，散落的花生
　　一棵树倒立在水声的喧哗里，古老，才是我们能够遇见的
理由

夜宿湄洲岛

漂洋过海，湄洲湾清浅的弧线，此刻，在我梦想的另一端
谒妈祖，香烟缭绕，大海在远处近岸，涛声如诉

海岛才是我漂泊中的庭院，棕榈逶迤，铁树开花
想起湄洲岛海景大酒店的阳台上，眺望过远处的三两人家

花影树丛，菜蔬和地瓜，这海岛上的菜地像极了沙漠的盆景
而海滩上早已夜色弥漫，潮水涌来的时候，我听见了海面上
的呼喊

无垠的大海，在黑暗里涌来无助的挣扎，我也多么需要一声怒吼

只有大海，她在黑暗里席卷、吞噬过了一切，而又如此宁静

风从哪一个方向吹来，我都需要一个弯曲的背影，那些深处的孤独

大海和黑夜拥有同一个方向，朝向无垠和深邃的天际里，战栗着

这些沙，从我的脚面上流过，海水也一样，它们细腻而又粗粝

我真想在这样的夜色里，被淹没，被海水灌过头顶，被海沙，覆满脚面

而夜色，正在远处调制一杯美酒，海边晚餐，似乎比大海还要丰盛些

我愿意告诉自己多年来的漫游生涯，无法抵达的一座夜色里的海岛

湄洲岛上一夜无语，当阳光擦亮了我的额头，我蓬乱的发际里

只剩下了潮湿的沙粒，我的喉咙，满是咸涩的海草和海水的味道

二、校园小辑：折半枝残梅写成信

目　睹

黄　霓，1999 年生，湖南益阳人，现就读于长沙大学广播电视编导专业。

我目睹过一只鸟的自杀

它被虚伪的玻璃窗欺骗

猛撞向

神往光明的死亡

后来

它被浅埋在楼下的草坪

就像父亲坟头

放了十二年的塑料花

浅得好似这十八年一晃而过

那一刻，我觉得塑料花

是世界上最美的东西

燕所思

冯宇珊，2000 年生于福建三明，现就读于长沙大学广播电视编导专业。

扒拉着那段模糊的记忆
我又回到了那里
四方院子包裹着乳臭未干的孩子
《童年》的旋律响起

溪流边的浅滩上
碎石又堆起了谁的夏天
她们不精致
一天天地在田野里撒野
将女生的含蓄磨灭

多久没有见过的烟囱缓缓吐出翠烟
绵长地散开在夕阳中
吱吱呀呀地吵
不厌其烦地回荡在青瓦下
笑声一出百应
从前厅漫到后厅

回忆的胶卷已经到头
却也没出现那个高大的
应该是很伟岸的身影
人们都问我是否想他
我应该想的
远飞的燕子每年都回到屋檐下
只为了去见他

人们都说我像他
从眉毛到骨骼
他应该也觉得我像他的
只是再也没法伸出手
带着吾家有女初长成的喜悦
摸一摸我这像极了他的眉眼

杂

薛雯琪，1999 年生于山西大同，现就读于长沙大学广播电视
编导专业。

钢筋水泥里有粗陋的缝隙
火柴盒的建筑拥挤着
穿行着排泄物、饮水和电的管道
它们呜咽着
被人类排泄掉的情绪呜咽着
现代人即使钻进很深很深的自然里
不安依旧紧裹着
忘记了可以化成灰，化成土

每个房间探出一个窗户
小心地相互窥视着
乞讨着阳光

直到路灯滴下热蜡
刺猬脱下冬装
嘴唇令眼睛退化
然后灰白绵柔的视野里
像八爪鱼一样释放感官

游 春

谢永琪，1999 年生于湖北襄阳，现就读于长沙大学广播电视
编导专业。

东君托暖风捎来消息
说山间的桃花开了
我欣喜地铺平一朵流云
折半枝残梅写成信，邀他春游
这是我们第二十次约会
他的形态总是千变万化——
晨起时，他就栖息在窗前
哼唱着欢快的小调
目不转睛地看我梳头、画眉
我伸手去抚摸他
他又受惊般地飞走
扑腾着掉落几片羽毛
我常在江边等他
如果遇上雨天
我会撑着一把印满樱花的伞
有时我等急了，赌气要离开
他就点绿满岸柳枝来挽留

我若来晚了，便只剩漫天飞絮

他牵着我的手来到山间

果然桃花盛开

几只调皮的蜜蜂受了他的暗示

嗡嗡嗡地在我发间穿梭

见我惊慌躲闪

他又招来两只凤蝶翩翩起舞

到了夜晚，他藏在风中

悄悄溜进我的卧室

我惊诧他的到来

他温柔地安抚我——

吹开帷幔，吹开衣带

然后钻进我心里，梦里

可他只能做我一季的恋人

天上降下几道惊雷催促他离开

连绵阴雨不是我们分别的泪

因为我们约好明年再见

而他——

绝不会失约

这些日子

夏昕禹，河南郑州人，毕业于长沙大学广播电视编导专业。

风扇缓慢地转
刚起风，又抚平
闷热的假期缠在电线里
看吧，人类的烦恼都在外泄呢
我也想要把学会流汗
当作一种本领

家乡的房子长在机器上
每一栋的阴影都看起来滑滑的
所以我总是绕开
整日地躺在地上

这里没有山让别人记住
家乡院子里让我至今仍然牵挂的
是门廊的牌子
十年后能否辨认得出彼此
以及彼此的藤

隔着我挚爱无比的家和工人们的厂房
两排梧桐，一根松
在这里生产像是冲浪
素人如我，只能呆呆地说着话
"他会让你流眼泪"

看上去站在门口的你
午饭吃得很少，太多汤
可我知道你不愿多进食
你爸下岗也不愿管
这个年纪不该有褶皱和霉味
它会让你流眼泪

这个夏天好像过去的日子啊
你忍不住用手去摸
并告诉我
过去的日子如一堵油漆未干的墙

写给我的奶奶

张　悦，1999 年生于河南新乡，现就读于长沙大学广播电视编导专业。

天空
挂着一轮明月
不用开灯就把院子里照得透亮
草，花，还有偶尔跑过的狗
一大家子围着院里的小石桌
举杯碰筷
只有一个身影在不停地走进走出
那是一位穿着围裙的老太太
手里端着她常做的菜汤
在大家的催促下才走出她工作了一辈子的地方

村　晓

杨子璇，湖南湘西人，现就读于长沙大学广播电视编导专业。

五月的太阳，每天都迫不及待
从山的身后
她窥见村子的一举一动

偶然邂逅清醒的雾气
我们好像在蒲公英的闺房里
想走在寂静里
或者，走在云上

每当傍晚来临
有人在月光下散步
有人给孩子洗尿布

我会想起你
破晓时的抖擞
明天，会如约而至

五点四十在布拉格醒来

徐小舟，1997 年生于杭州，毕业于浙江传媒学院编导系。

一扇红木大门
一个夹着烟的男人
刚回头就不见了
一行鸽子从头顶掠过
笼子下了搜捕令
"你是自由的
那是你迷失的原因"
淡蓝色的雾穿过红色飞车
轨道偏向沃尔塔瓦河
船不只向东
还往南北
西风固执而缄默
一行鸽子从头顶掠过

木瓜海

袁梦颖，1994 年生于山东寿光，毕业于浙江传媒学院汉语言
文学专业，现为清华大学博士生。

树影样的斑纹在它的表皮，
它便是它的坠落。
丰饶的中心挂满温和的牡蛎，
木瓜海。

橙色天穹维护着它，
木瓜海，然后把它刺破。
激起芬香充实海的残部，
让星状截面展示它的夜晚，
它便是它的轮回。

刀尖搅动，海之皮肤，
牡蛎震荡脱落。
那触碰停留在近岸，
它便是它的幻觉，
是它的血。

小 县

潘　越，1998 年生于浙江天台，毕业于浙江传媒学院汉语言
　　　　文学专业。

（一）
小县是山市，
名为天台，
神近云霭。

（二）
路上卖菜刀的老汉，
刀背打出铛铛铛的非人声吆喝，
这沉响和阴天融为一体。
过一段，
到城关二小前，
卖麦芽糖的人叮铃叮铃，
一起探头的还有背乾坤袋正在等公交的和尚。
这两段敲击是小县日子里的木鱼，
一击是苦唐，
再击是盛唐。

（三）

小县下雨像被浇的檀香，

贡到一半自己不要心愿要湮灭，

水烟更旺，

索性变成风中槐花随便落在谁的肩上。

（四）

小县的雨天总在赶巧，

落在心里的陶泥正等上色时。

取代落日，

连云带屋，

浸到一片湖泊里，

蓝朦朦，水珠细。

小县的人不是行家，

他们优哉游哉，

不撑伞，任风散，

是齐白石画里最浅的墨虾。

（五）

起早才知道小县的运作在清晨就已经开始了。

熹微之下，

集市萌芽，

赶工赶班的人头如剥粒蚕豆，

四向涌动。

然而小县的人们是不会被庸忙支配的，那

朝霞大片再媚艳，

也不过是一片流黄鲜蛋正在天边温火煎。

（六）

小县很多人家吃晏饭都在屋外，

撑一张矮桌，

全家板凳，

老人坐好位，

小幼搂怀边。

菜肴伴着讲散，

天地皆为邻所，

落日晚霞如红彤彤的喜蛋，

与冒着泡沫的爽啤扑通到他们的杯碗里。

过路的人用眼睛夹一筷子，

口哨吹心，

川流回家去。

（七）

浙东小县早就淘汰了炊烟，

傍晚只有油的味道，从户户家窗里香出。

一块打下手的抹布，

温水洗软，

看不见的黄金给生活的边角擦了一把腻子。

（八）

又在老城的溪滩见到白鹭了，

形羽比水波纹还顺柔。

李太白到过的小县，

总会有一部分唐诗留下来，

超越时间。

三、湖畔同人：湖山遍布险峻沼泽

许春夏的诗

许春夏，资深媒体人，中国作家协会会员。出版诗集《上国呦鸣》《我用方言与麦子对话》《柒罗树下》等五部，作品见于《人民日报》《光明日报》《大公报》《诗刊》《中国作家》等报刊。现主编杭州《新湖畔诗选》。

老　窗

我不抬头眺望
是我不能回避老窗
这静默的存在

山村没有清空
是没人能说清，为何不用
为抵御裂缝和暴晒
它干渴在路上

它的整体胜利
是在一个个现代之窗中

看见炫耀里的悲悯
如此明亮

那里，最好的风景
是刚好看到
无数种方式的逃亡

枇杷树

水塘边的枇杷树
我最早的眺望平台
祖父，坐在石级上
像书中的老子

他说，我起跳的姿势
是一次次空中的采摘
有点忘乎所以
我的手紧攥着树枝
却是家里大厅"榫卯"的道悟

他没说的是，这枇杷树
如何消失魔法，自纵奇才
这一刻的显灵
一往情深

番　薯

楼板上，倒挂着
一坨坨番薯
这是家乡人在"反求诸己"

越接近纯粹，越甜蜜
多好看的理由啊

我跳起做一个摘姿
感觉与至高境界
总有那么一段距离

这也倒好
我们有了一个核心
并懂得了如何聚拢

钉钉子

整个城市都在隔离
这是止，许多小鸟在逆行
也是止

静默的存在

我在庭院，全力钉着钉子
弯腰的姿势
崇拜三十岁的臂膀
铁钉进入异体，就像一粒卵子
在这一场疫情暴力中
止于止

栅栏战栗
我醒于麻木
转着庭院一圈一圈
试想转动法轮

芋　荷

我看到的芋荷地
湖海一样
我抚竖琴的手
抓住任何一个荷叶
都像叩击：一次
吊唁

如此经营伟大事物
原来要先完成
从厨房向祀殿的转换

一尊尊泥菩萨
在土里就学会了与世隔绝
以安慰
在世间的悲伤

卢山的诗

卢　山，1987 年生于安徽宿州，文学硕士，浙江省作协全委
　　会委员。作品见于《诗刊》《北京文学》《诗歌月刊》
　　《扬子江》《星星》《滇池》等刊。出版诗集《三十
　　岁》《湖山的礼物》，主编（合作）《新湖畔诗选》
　　《野火诗丛》《江南风度：21 世纪杭嘉湖诗选》。2020
　　年从杭州赴南疆工作。

感　怀

春分后一声惊雷，冲入我的梦中
便起身喝菊花茶，读《传习录》
安抚我身体里的一群猛兽

电闪雷鸣中，湖山遍布险峻沼泽
离开故乡多年，我率领疲惫的肉身
翻山越岭，亲历生活的凶险

头顶惊雷阵阵，此后龙蛇苏醒
草木催生离别，黑发占领白发

湖山之间多春风，多出门踏青的苏小小

雨水渐歇，落叶如中年人的叹息
纸上湿了一片。香樟树的气息
推门而入，带来远方故人的问候

惊　雷

春分后暴雨如注，惊散
垂丝海棠上一群莺鸟
电闪雷鸣中，我喝普洱茶
写一首苦大仇深的诗
三十岁，寄身江南
我才华耗尽，走投无路
如亡国之君退守凤凰山

花褪残红，溪流遍地
不久后将有蛙鸣鼓噪
腰身起伏如中年满腹牢骚
我写下的字六神无主
仿佛一群没有故乡的人
无处躲避深夜里的雨水
在每一阵雷鸣中心惊肉跳

山 居

春雷一声吼，穿透云层和宝石山
如我身体里沉睡多年的猛虎
突破月光的防线，急速下山

春分后，草木茂盛，我即将远行
暮晚，读飞廉诗集《不可有悲哀》
写诀别书，不觉老泪三四滴

左公在天山手植杨柳三千里
而我此行能否带去江南的春风？
头顶惊雷催促，马蹄声声
雨水里湖畔那棵苟活多年的
老树终于轰然折断

妻子劳顿，侧卧卷帘
如一株忧伤的山茶花
九个月大的小女儿，不识愁滋味
一片惊雷中，贪吃西瓜

早 春

远山起伏，一个懒腰
推开眼前的晨雾。初春的
画板上，早莺雀跃枝头
描摹昨夜一场旧梦

晨光里，我背诵《滕王阁序》
对着碎石堆宣泄
我年轻时代的理想主义
在此刻，已泥沙俱下

庚子年鼠疫如一场噩耗
在朋友圈掀起又一轮高潮
而蛰居数日，痛饮山中泉水
浇灭我内心多年激情

大河奔涌，这又是新的一天
梧桐树从昨夜的身体里
抽出新芽。女儿咿呀学语
对这个世界发出她的指令

塔里木河

十万匹脱缰野马挟裹云团
从天山而下一路狂奔
怀抱防护林和滚烫的石头
冲出了塔克拉玛干沙漠
我迎面大吼一声
一场暴乱偃旗息鼓
一条河流在我脚下缓缓流淌

这是十月，我只身赴疆
在距离边境数百公里的阿拉尔
第一次遇见塔里木河
秋风拨弄琴弦 大地一片金黄
我的孤独如头顶燃烧的晚霞
落满了河面

接一个来自江南的人

奔赴阿克苏机场的路上
从车窗里看见的黄昏
是一幅悬挂在中国天山上的
巨大油画

塔里木河 塔克拉玛干沙漠
从画卷上冲泄而出

此刻，高速奔驰的汽车
一头扎进落日的深渊
我和岑参与王昌龄
都被这异乡的黄昏所吞没

双木的诗

双 木，现居杭州。作品见于《江南诗》《诗歌月刊》《草堂》《中国诗歌》《诗潮》等报刊，与友人编有《野火诗丛》《新湖畔诗选》。

惊 蛰

万物进入灵动时刻，
雨水将要经过南方。

我们终于告别
蛰伏的时日。

舒展着……
痛快着……

旧的事物，
在春天置换。

儿子的乳牙，
正在轻轻地生长。

写在三十岁

在桥上，今夜无风
先锋河依然平静。

来自内陆的波涌
迟迟没有到来。

为何如此深邃
如梦的刻度。

为何寂静
接近于铁。

夜深时，我们终将
回到闹市，与生活对峙。

终将不再提起年少
在宁围镇，向世界问好。

春日即事

光在绽放、叙事
逐渐具象。

恍惚之间
一切都在拔节、饱满。

我的妻子，瓷器的缩影
正忙于一日三餐。

此时的方桌上
果蔬新鲜，一盘一碗。

我与生活的美事
一一对应。

在南昌

六月返乡，
省城坐于雨中。

往事在速写。
这可怕的时间敌人

从街角涌出，
在光影中诞生。

像夏天的尤物
如此流畅，又那么孤独。

小　雪

入夜。
窗灯向我们打开。

它们如新砌的蜂窝煤，
正在逐一燃烧。

那些忙碌的人，
变得更小更轻。

每一片树叶，
都在风中散漫。

明天且不去说，
这场夜色，看不厌。

尤佑的诗

尤　佑，1983年生，江西都昌人。作品见于《星星》《诗潮》
　　　　《江南诗》《草堂》《野草》等。出版《归于书》《汉
　　　　语容器》《莫妮卡与兰花》。现定居浙江嘉兴。

空酒瓶

暮色饮酒，江南醉在归人的怀里
你一点一滴地喝下友人的祝词
趋暖而轻盈的身体，如一条寂寞的蛇
由冬滑进春天
它的微毒，正好攻心
暂且不论你喝下的酒有多么昂贵
也不谈你的诗又如何高深
只是，我们都在一条边路上行驶
那时，我看见一个裹着头巾的妇人
用三轮车载着一箩筐的空酒瓶
向西而行
那些标签多为：茅台、五粮液、剑南春

混合物

霎时，庞德抛出混合物
理智和情绪交织的梭子
织出庞大的静默，长卷如席。
你的发言，等同于麻雀、鸵鸟、鲲鹏身上的
轻羽，随风，无声而走。
话语迷宫上了锁
自然经书隐去祷辞
我们止于太阳的万丈光芒与深渊

梧桐叶的向度

它，形如手掌
大得超过任何一张人脸
伏在地上
这些随处可拾的死亡面具。
人们没有理由为此萧条
如今，路人皆有自己的向度
大衣裹藏秘史
抵御，探寻黑暗的阳光
及渴望温暖的寒风
走过那些坟墓一样的蜂窝楼宇
白天，窗格闭上眼睑

待心灵闭合时

一格格替心脏闪光

再次走过落满枫叶的大街

前来悼念的人摩肩接踵

水雾与山岚

汽车，幻化了我的生活

早晨与傍晚相隔千里

我在高速公路上驱驰

极速轮转带起的水雾

蒙住了挡风玻璃，以及中年心事

泪水被雨刮器收集

我得以看穿前路

从杭嘉湖平原驶入

苍茫的群山之中

山岚阵阵，神谕藏在草木间

那沉寂的面纱之上

有轻盈的山水画境

忽隐忽现

我的往事就此确认

离心力

写一首诗给母亲
相当于驾驶一辆车奔赴千里
回到故乡的炊烟中
相思亭隧道因而漫长

一个月前,离心力
将你甩出——茶饭不思
病患徒生。门前的李树停止生长
我带着悔恨的泪水
那是水雾与山岚
将你拥在怀中
语言之炉,日渐回暖

余退的诗

余　退，原名曹高宇，1983年出生，浙江省温州市人，浙江
　　　省作家协会会员，入选2019年度浙江省"新荷十家"。
　　　有诗歌发表于《诗刊》《扬子江诗刊》《星星》《青年
　　　文学》《江南诗》等刊，出版诗集《春天符》。

海上乌托邦

应该存在一个原型：出于纯粹的好奇
并非来源于对抗、征服、复仇
作为幸存者之后，他驾驶着快艇出海
带上了前世逐渐风干的悲剧记忆
握着船舵。此刻，泼溅的海水将
船一侧的玻璃打湿。他喜欢海鸥们
跟随着船飞翔，它们只是乘机打捞
被海浪翻滚的鱼。船只移动着
似乎什么停止了，像扎入海水的帐篷
推送给他远方的群岛，这里有脱离
陆地才能汹涌的常识。古老而又
年轻的宁静，他停泊在正午里

那是迷醉的时刻，让他顿时忘掉了
茫茫的危险性。独自驾船，有次
他跳入外海中洗浴，为了降险
他挎脖绑了一个跟屁虫浮板
爬上甲板，黝黑的太阳晒干身体
这位被遗忘的波塞冬的私生子
总是有这样的时刻，海难里的船骸
护送他回到近海，还有那些他从未
谋面的亲人们成为海豚，包围着他

迷雾的辨认

转身走进这片迷雾，我将获得
迷雾所赠予的礼物，它不同于黑夜的
沉寂：看不见的轻响明亮着
我慢慢靠近，潜泳中的花朵凝结着
露珠，到处是一碰即碎的晶莹
松树下歇憩，按摩小腿，像隐身了
倚靠着迷途中特具的安全感
它本身就让我费解，水汽与颗粒物
制造出的混沌。当我在莲花峰上
攀行，有黄鹂在潮湿中跳跃
近在眼前，像不属于这个尘世
它缺少机会恐惧人。我们都是
迷雾的孩子，弄不清楚白蒙蒙的前方
是否连接着断崖，还是有人在

某个拐角处预备拥抱。围困于此
我擦拭迷雾中竖立的一面观身镜
读懂了白色幻境里被锁住的脸
当迷雾退去，我能否看得更加清晰？

过敏源

我看见她摘下墨镜，浮肿的脸
泛着古典的漆红。在东海贝雕厂
老板娘阐释大漆过敏的偶发
应该与近期体质虚弱有关
我理解手艺人徒手涂抹天然漆时的
神圣感。漆树中割出的稠液
流淌着，吸附于木胎的表面
重塑着我们的贫乏。与我们这些
文字工作者多么类似：饮着
万物之血，危险性不可预知
呓语着狂野。我听过
一位过敏师镇定讲授如何试验
过敏，将微量提取物涂抹在耳郭
背后，静静等待皮试结果
那位老男人说，有时他需要
刻意练习过敏：保持轻微发炎的
状态，忍耐着与过敏源融为一体

独舞

独舞者的舞步召唤幻影们的舞步
肯定是幻影们将他抛向空中
旋转犹如上浮一阵的水蛇
出水的过程中他憋着气，水流反向的
阻力帮他蜕皮。完成后
他更加虚弱，还需要时间坚硬新鳞
落回排练厅的木板上，所有随之而下的
重量跟着旋转——像一枚旋转的
硬币，分出多枚硬币——
直到音乐停止，他的足尖放下
脚跟着地，顿时消瘦了
幻影们急速撤退，留下他
像一副卸下的蛇皮贴在地面上

马号街的诗

马号街，青年诗人，文学博士，出版有小说集《世界末日》，
主编《南京我们的诗》（第 13—20 期）、《卧底诗丛》
（第 20—21 期），作品散见多种刊物、新媒体平台及
诗歌选本。

春日散步在一块荒地

挖掘机轮胎压陷的一小块洼地
有积了一冬的水
那样的清浅
我停下来，欣赏了一会儿
一张中年变形的脸

这时，泥土是湿润的，阳光是和煦的
前几日，那排柳树的长发还是灰褐色的
孰料今日已染了绿
仿佛是要去和谁约会似的

我继续向没路的地方走

一只又一只不知是什么植物的手

不是顶开了一片落叶，就是伸出了某条缝隙

偶尔一个恍惚，还能听到一声尖叫

透过几株过腰的茅草

我望见不远处

几只鸽子，点着头

正昂首阔步

在生锈的铁丝和猩红的砖头间

陪黄雪瑶、张辛怡去马厂

哇喔小姐穿了套假小子球衣

嘻嘻女士着了件漂亮的公主裙

她们一前一后坐在我的车上

拎着大包小包

穿过翁蔚的樟树绿荫

和一闪而过的林中空地

一定要去见某位念念不忘的明星

半年后，希望考上一所大学

在深圳，在北京

暑期，到三十千米外参观

荒木经惟的摄影展

"很讨厌逻辑课"

"只有和你一起，我才会

这样疯疯癫癫"

"本来还要回去上晚自习"

"我妈妈居然不知道"

"不喜欢印度歌舞片"

"我倒是很喜欢"……

就这样，她们海阔天空地谈着

一些计划和非计划

云有时一团团朝相同的方向移动

她们说好像是去打群架

如果云停下来

她们说好想玩一下刮刮乐

而我更多只是听着

恍惚回到了好多年前

那时，我也随身携带幻想

被不确定的生活所填满

那时，未来那凶恶的面孔

也还没有向我充分展示

突然想起初中时候的一位同学

瘦瘦高高的，戴眼镜，成绩中上

爱笑，爱打篮球，自负

偶尔打架

对我似乎还算客气

名字，我却怎么也想不起

也许是个周末，或者一个暑假
我们就再也没有见过他

他的课本、书桌被收走
学籍也注销
短暂的好奇期之后，我们不再提起他

我们不久参加了中考
没考上的，跟着常年不见的亲戚
打工去了
地点都曾模糊地出现在我们的口头中
不用说
那几乎是这群少年的宿命，一群
不能飞驰的少年

我是考上的，后来又念了大学
现在，又是夏季，外面
热浪滚滚，蝉子嘶鸣

我就这样，横空想起这位同学
在一个晴天，他和爷爷去河边钓鱼
雨没有下
他突然栽倒在地
雷电击中了他裤袋里的收音机
他爷爷拿着钓竿
很久都没反应过来怎么回事

一晃已是这么多年，我完全没想到
自己会想起他
我记得，他曾像一件空荡荡的衣裳挂在篮筐上
我望向窗外的操场
风还在轻轻地将它吹来吹去

记　忆

他已经老得，想不起她的样子了
但他还想得起，那线似乎透明
永不生锈的铁丝

上面曾依次挂过，少女的内裤
T-shirt，A 罩杯 Bra，以及
碎花裙和白丝袜

想得起蓝蓝的天空下
她穿着它们
和他并排走在路上
一同前往学校的感觉

卢艳艳的诗

卢艳艳，女，浙江东阳人，居杭州。浙江省作协会员，中国
诗歌学会会员。园林硕士，高工，国家一级注册建
造师。作品刊于《诗潮》《诗刊》《西湖》《十月》《诗
歌月刊》《绿风》等，著有诗集《飞花集》《雪中之雪》。

西湖之春

远远望去，白堤被柳叶晕染
人群是流动的墨汁
等着时间把他们从远山的阴影中
放出来，又倒回去
描摹中的江南春天是短暂的
第一次落笔嫩黄，第二笔便成深绿
当风卷起湖水也卷起画纸
不是一看再看
而是天黑之前那最后一瞥
慢慢改变着我对山水的审美
不是人造灯光的五彩斑斓
也不是梧桐枝条，悬在半空的

芜杂之美
而是枯荷上暂停的小鸟
背负的大片天空。那里
一只孤独的风筝挣断细线
消失在暮色中，犹如穿透纸面的
最后一笔，永不为我所见

湖畔之诗

有人从远处湖面，划船而来
听不见木桨击水之声
因此在旁观者看来，他们毫不费力

水深岸浅，船上之人觉得，是楼
在起伏，是我在靠近。携着
正在枯萎的荷叶，以及视线范围内
飞起，或停下的翅膀

相距多远才算完美？
云层遮住的太阳，让我忍不住
仰头直视。曾经以为
朦胧感会在剥离瞬间，换来透明和真实

而令人遗憾的事恰好从此刻开始：
当一个人经历过太多浊水航行之后
才发现仍只在自身的湖畔，假装游荡

平湖秋月

白雾在远山弥漫
乌云在低空悬停
湖面上，游艇像一支箭无声掠过
身后留下长长的刀锋
切割着满湖水纹

作为越划越慢的小船
我把西湖看成
洗去了咸味的海，扩展了胸怀的井
在自我的凝视中
一路被波浪送至堤桥和石岸

此刻，彼时，作为载舟的水
它把我视为一个渡客
吃水越来越浅。不知一路清理了什么
我站立的脚下
有历代的荒草和泥沙

反复冲刷，在最低处堆积
从淤泥中高擎最后一支火把
穿透它的先是自然光，后来是灯影
火光熄灭后，嗜酒之人
在一杯清茶里，啜饮满湖月影

春　秋

春雨敲打新叶。勾起你
一些本该在秋天想到的事

风里残留的萧飒，一边开
一边，簌簌落下的花

辽阔大地和体内的温床
秋天铺陈落叶，春天收集花朵

白玉兰谢了，紫叶李接着开
你将目光从高高的枝头收回

落在黄昏的餐桌——
春天的菜心，秋天的果实

在盘子里短暂亮相后，消失不见
那被你踩在脚下的事物

下一季可能覆盖你
曾经充满你的，最后掏空你

川既漾

每天从一条河边经过
阳光、雨雪、风霜。以及
波纹拉长的脸，一旦遁入
需要收紧的胸鳍，和尖锐的鱼骨
才能拨开无骨之水
而经年的河床，那不轻易显现的地方
收藏了何物
来来回回的路上，除了
无视外在风向的不停转换
其实每个人该去的底部
从未塌陷
即使在酒精刺激下
那投身于浩大无边的飘浮感
已不复存在
取而代之的，是一整条河的沦陷
有无处附着的惊慌，也有
月色下，投身幻境的从容——
让一条河附着在山峰周围
经过我
并带走所有污泥和沉船

北鱼的诗

北　鱼，80后，浙江洞头人，现居杭州。浙江省作协会员。
作品见于《诗刊》《江南诗》等刊，入选多种年选。
与友人合编《野火诗丛》《新湖畔诗选》，出版诗集
《蓝白相见》《浅湾》。

西街妄想症

到底是一个人，还是
一件事，触碰了记忆的表皮

它的外部轮廓很像西街，旧式小吃
琳琅于行人前面，一路到底，其余的都模糊

一直到开元寺。余味开始明亮起来
在脑海，或者在某个不确定的晴空之上

使我们的分别晾晒在犹豫之中。如果
两条船在海上摇晃，靠近和碰撞是否会

自然发生？我应激性地投出假设的粒子
当这个人和这件事呈现内在缠绕

是否可以证明，平行宇宙即为
脑波共振的衍射条纹

潮汐来信

来时速写的追忆片段，多年后
如假消息淤积在喉，沙滩卵石堆叠

未能寄出的信，又高一尺
快要超出我的硬度了

而肌肉松垮，源于我咽下难以消化的数行
我说玻璃碎片，你要继续对瓶口隐瞒

像大海隐藏更深处的蓝
告诉世人的，唯有吞吞吐吐的海岸

蓝

天空的古老姓氏，潜泳的
第一道痕。当我向自己靠近
空气稀薄，雨和血的颗粒

如星球浮动、撞击。始终有
更小的裂缝，令引力在悲喜之间
娴熟切换。我因此而多变，因此
喜欢所有蓝：在鸟背，在鱼腹
在汽车观后镜意外的反照

早春，与蜗牛散步

慢的信徒，翻越软泥褶皱
在春草的嫩绿腰身，研习更慢

算算，它曾以相同的步频，从深夜
走出来，是什么，将重力从壳上取下

森林公园山路微倾，我在大口喘气
在蜗牛的观察里，稍作休息

我制造的暖风，是求教的试问
如果我降速登至山顶，它捕捉到

露水折射的光，请问，时间能否
将一生计算得更长

四、古诗新韵：此番西征无留念

白甫易诗八首

白甫易

太白倚剑太空游，子美夜半抿浊酒。
乐天时运好李杜，仙圣魔仁乃师友。

唐诗之美

寥寥数语昭情理，于无声处含道义。
千事万物入梦来，好诗行行流传奇。

神　龙

风生涟漪荡天涯，光照万物催奋发。
驾得神龙逛沧海，揽月擒鲨一壶茶。

青之春

少年浪迹东江畔，书生意气闯十方。
策马扬鞭万里近，青春无非诗梦想。

望星空

甚爱江湖剑书琴，此番西征无留念。
我拿青春赌三千，换取山南一蓝天。

暗　香

花须柳眼含芳华，乾炉坤鼎隐丹砂。
满院松风寻僧舍，半窗花月觅道家。

奇　观

将军佩剑加弯弓，偶遇老叟伴顽童。
半溪流水千树花，十里长桥万丈虹。

阿拉尔

花落昆仑天山中，绿洲红都气如虹。
塔河奔腾五千里，北国南疆会群雄。

杜康词六首

暗香　（咏水仙迎新春）

海中仙翩。历波涛万重，吹号搜觅。
认嫁于吾，出水人鱼化蒲璧。

当日迢遥线路，都写入、春风行迹。
应记得、披锦扬花，迎送普陀驿。

朝夕。水葱饰。感态与容妍，忘反流溺。
莹莹舞毕，眉灿额开露珠泣。

窗外长摇风旋，自招引、蓬莱乘蜆。
及时雨、能解郁，妾心香溢。

疏影　（叹流年匆匆）

流年素夙。慕水中翠鸟，双飞双宿。
三顷肥田，窟养千红，有肉自可无竹。

早年未识桃源路，待回首、溪流归北。
至此时、重拾琴书，贵莫大于孤独。

家事区区小矣，莫做促狭鬼，强分青绿。
一束春风，几行垂杨，遣去邻家排屋。

埋头看我栽苗竹，尔有意、唱支歌曲。
我当书、此路通衢，村口挂张条幅。

定风波

云锦天章拥月回，垄头松雪作春肥。
细嗅窖中新涩味，不说，已存年份酒几支。

远客移居秾丽地，当此，钱塘江畔士来归。
闻道旅途花信启，疾驶，与君携酒勒轻骑。

青玉案 （夜出寻梅，遇残荷）

寻梅步行庭前路。朔风遣、流云去。
走兔飞鸟齐赶渡。荷塘梅落，冷香逾浦。韵发残桩处。

盛梅枯荷霜烟暮。吟出清词凑俳句。
仰观稠云天有许。今宵飘雪，即为春顾。遥想荷间雨。

蝶恋花

雪后新风催谷雨。无雪经冬，旱了明前黍。
借雪当于西域去。摇翎过水牵飞絮。

满目江南红湿土。梅萼枝头，已将花名署。
借得琼妃拼一注。倩谁作此丰收赌。

贺新郎

河上飞雏鸟。自凭栏、溶溶洩洩，水花不少。
探问东南几时绿，垂钓老翁哂笑。

向蓬间、蛾儿窈窕。
忽地风稀鹂语密，几多人、移目疏松杪。
虽转暖，还料峭。

循溪访踏云林杳。寺深处、琉璃瓦黄，藤萝迁绕。
几树梅花同时落，人比落红懊恼。

但忆念、霜佳雪好。
矫捷东风阿谁借，问蝶娘、也说不知道。
非得怨，春来早。

应金岳诗四首

1. 胡杨

凌云戈壁立深根，
横亘荒沙锁断魂。
走干虬枝书傲骨，
三千不朽笑昆仑。

2. 白水春迟

江南二月好春光，
漠北三春柳半黄。
若待春风千里度，
花开万树话春觞。

3. 春游平台子

春入天山新草青，
平台绿野任意行。
恐因花谢风萧瑟，
一路游痴忘返程。

4. 蒲公英

荒坡野土静开芽，
不慕芳名自勉嘉。
翠叶伸舒迎胜景，
绒花摇曳向天涯。
临风追梦翩翩舞，
随雨融情处处家。
蓄绿播芳酬壮志，
齐妆大地遍英华。

王祺诗三首

七十咏怀（七律）

人道七十古来稀，
幸逢盛世倍欣喜。
回首履历显峥嵘，
瞻望前景呈瑰丽；
常将激情付翰墨，
尚有余热暖大地。
小我无常无所谓，
甘为汪洋水一滴。

七咏莫干山

恭读陈毅元帅咏莫干山诗，不才步其韵而和之。

莫干好，绿荫漫山岗，苍松翠竹夹野花，避暑胜地真凉爽，
清风拂胸膛。

莫干好，剑池最风光，干将莫邪传英名，潺潺溪水唱强梁，

千秋承瞻仰。

莫干好，别墅三百幢，古朴典雅民族风，欧式尖顶小洋房，隐约碧山乡。

莫干好，日出显辉煌，晨曦璀璨染云涛，一轮朝阳跃东方，寰球罩金光。

莫干好，历史大学校，春秋演义至如今，风流人物常来往，遗迹众人访。

莫干好，民风淳而良，童叟无欺做买卖，助人为乐成时尚，游客暖心房。

莫干好，前景更美妙，天然佳境巧安排，现代设施配电脑，人间胜天堂。

为天恩先生新居双峰别墅而吟

结庐在深山，但无尘世喧；

溪水室边流，清心若琴弦；

巍巍三古樟，树冠盖庭院；

白鹅伴我酒，鸡鸣醒我眠；

茶香溢四方，翠竹满山峦。

驱车城中游，道遥多景点；

闪过灵隐寺，平湖有秋月；

雷峰对宝俶，两向似攀谈；

滨道花木盛，红楼人影乱。

都市嘈杂声，逼我偷清闲；

躲进老山岙，享受大自然；

老夫在乾坤，仰慕活神仙。

陈天堂组诗三首

八一聚会

一

浙中盆地多故人，
故人别来几十春。
友谊犹如黄河水，
真情恰似铸长城。
聚集方知离别久，
回首不堪衷肠生。
军歌一曲肠欲断，
举盏斗酒酬相逢。

二

青春相识忆还新，
难忘别时泪浸浸。
冰寒日炎磨英雄，
柳飞枫红建真情。
岁月磨砺真情厚，

不是血亲胜血亲。
弯弯皎月挂城头，
万句旧音话天明。

三

花谢荷红影跹翩，
岁月沧桑一缕烟。
嘹亮军歌犹在耳，
促膝举杯话无边。
两鬓发白兵魂在，
岁月留痕铁骨坚。
千杯甘醇不知醉，
情愫不禁满心田。

厚铁诗六首

处州府城一瞥

一江丽水九连环，帆影船歌绕碧滩。
阅尽青山八百里，悠悠处地聚风烟。

小　雪

小雪初临天未寒，青山犹碧水声潺。
萧萧落叶深秋尽，火柿垂枝口欲馋。

秋　野

飒爽金风割稻忙，白鹅摇摆入池塘。
南山环碧炊烟起，落日余晖照瓦房。

静默的存在

又见稻花香

沃野千畦金打墙，秋风十里稻花香。
浮云涤荡随天际，自在收割一片黄。

秋上径山

秋上径山天净蓝，梵音竹影入尘烟。
白云已度三山外，野鹤何时可复还？

和睦桥

经风沐雨了无尘，破雾穿云几度春。
阅尽人间多少事，隐没江湖已天真。

胡江荣诗词

高山流水·雨后晴思

气开万物沐轻风。尽芳华，灵毓葱茏。珠露缀瑶枝，溪流漾碧纤洪。岚光下，蝶抱花丛。松篁秀，霞蔚云蒸嵌谷，一派玲珑。正莺歌燕舞，魅影逸天穹。

怀中。常萦少年绪，风雨历，履步衰翁。难忘旧时光，有志阔论英雄。鬓霜侵，愧复晨钟。世间客，明月千樽独饮，醉与谁同。夕残铺水，半江瑟，半江红。

喝火令·东阳红曲酒

曲酿家乡酒，香飘岗上风。万家千盏喜年丰。杨柳又邀新岁，天际竞飞鸿。

怎惧连天雪，心怀壮志梦。畅杯高举复昭融。已醉春深，已醉日升隆，已醉艳红花色，遍地玉玲珑。

如梦令·春风

窗外莺啼燕喜，
人在画楼深闭。
草木赋人情，
蕴藉竞红灵地。
风起，
风起，
吹动一庭芳意。

眼儿媚·党建百年抒怀

几度沧桑易春秋，航启一湖舟。
惊涛骇浪，尽挥香袖，百载风流。
三山五岳东风劲，气韵五洲浮。
枝头鹊闹，畅平柳舞，人醉瀛楼。

七律·石洞书院怀古

涧水潺潺云雾绕，松风阵阵弃尘嚣。
丹崖翠壁生灵木，黛瓦朱檐汇圣枭。
尚见朱熹留古迹，犹闻叶适授时僚。

事功理学求真谛，唤我钱塘复兴潮。

注：当年朱熹、叶适、陈亮、陆游、吕祖谦、魏了翁、陈傅良、陆九渊等名师曾在这里讲学。

五律·戍边英烈颂

河谷狼烟起，蚍蜉撼厚昆。
寒疆陈壮士，热血铸忠魂。
张臂身躯伟，擎天国号尊。
辕门多卫霍，剑气日长存。

七律·冬谒胡德广墓

朝代更替事已空，至今人说帝王功。
疆场血性真男子，绳武精忠仗历翁。
万里乾坤无此恨，千秋江浙付英雄。
夙心最喜和风驻，化作青山伴紫穹。

韦俊图诗词选六首

雨　后

山峦归本色，云水泛清粼。
问柳蝉声短，裁荷淑气真。
浮沉随物势，生息顺时因。
谢履苍苔路，翩然庄蝶身。

赴木雕小镇贺岁诗会

镇小融韶景，坛高易得春。
何如烹雪客，翻为采薇人。
山外林泉贵，樽前面目真。
岁杪初清点，行囊满日辰。

腊月廿八外孙女争抢挂红灯贴春联戏吟

颠颠黄口童，争欲接春风。

灯撞门扉外，联扶喜气中。
芝兰祈郑圃，楮墨点吴蒙。
忽扯阿婆袂，娟娟小脸红。

欣闻家乡批建南山国家森林公园

上苍庇荫苦辛人，画下青葱梦像真。
植竹云边书院静，筑亭谷口景观新。
瀑飞七涧通龙穴，居对千峰择鸟邻。
清早起听天籁响，推窗扑面一山春。

岁杪探梅

欲访瘿仙未适逢，素身候在古墙东。
西厢漫弄悠悠笛，南岭徐来淡淡风。
与竹相依怜影瘦，被溪间隔恨途穷。
偷闲试作吴山客，归去黄昏鹤径通。

山村春韵

向阳坡上落花风，簌簌梢摇几瓣红。
桃汛过溪三五树，香泥还魄万千丛。
青山着意人难改，白石镶银路自通。
炊火已将星点亮，犁牛负轭小桥东。

杨云中诗词六首

闲步即目

一堤蝉韵柳烟深，不舍东流起浴禽；
惹动几多垂钓客，伫听风笛送《知音》。

冬日过余姚池杉林

四明湖水碧，烛照半天霞。
仗剑秦时月，濡毫渚底沙。
不争桃李闹，何计雪霜赊。
烟抹斜阳里，依依几醉鸦。

蝶恋花·乡忆八章之古道

十里枫红云揽处。苔砌斜阳，山雀殷勤语。樵笛几番盐客
伫，放翁野杖依慈母。
道有恐龙曾乐土。醉里秋光，争向荧屏聚。夹峙青岩狮与

虎，欲追高铁穿崖去。

（自注：1.相传车慈岭古道因宋陆游曾携母来游而得名。2.青岩山下平岭岗为"东阳盾龙"恐龙化石发掘地。）

卜算子·辛丑新正初三山行见野樱花放

鸟雀忒殷勤，争作烟霞侣。落木空山未秀时，浅浅匀红处。
无意试梅妆，不琢夭桃句。借得春光倚涧松，漫待群芳举。

清平乐·辛丑惊蛰晨步得句

晓风桃岸，老树花初绽。柳线依依莺声暖，何待新雷高唤。
烟渚暗换蓑翁，岁华无改诗瞳。能不勤斟春醴，醉他一地葱茏。

江城子

庚子立秋后三日，初领告老月俸，适金龙吟兄见赠《霜降》一阕，因依其韵。

丹枫片片菊飘黄。晓清霜，暮斜阳。望里西风、千嶂抹秋光。冉冉物华今又是，云阵杳，雁行长。　苍颜何必说冯唐。瞰寒江，唤孙郎。拈叶啸歌、依约旧疏狂。吹帽莫羞归去也，东篱醉，月移窗。

胡永清诗五首

雨中湖溪

循江开古镇，烟雨浥平春。
寻寺因山静，生香乃酒醇。
一杯花有泪，几曲兴无尘。
我欲弦歌去，怎留羁绊身。

数过王村光

云卷歌山北，怡然有一村。
窑烟曾暮霭，枣脯尚余温。
听罢梨园曲，兴归老宅门。
春光何处在？古井漾朝暾。

春　游

闻道城东花似海，歌声漾漾是相邀。
得闲青野人如织，留影新柔色已娆。
我折纤枝赠云女，谁言辣手摘春娇？
江南自古多佳景，最爱塘边俏柳条。

东白茶开采节

春煦会稽峰叠翠，新茸蔟蔟蓄英华。
晨邀陆羽登东白，瓮汲清泉试嫩芽。
灵草香笼茶女篓，迷云郁绕野人家。
山中一盏融青水，涤尽尘烦向晚霞。

学诗有感

伏案长吟几度秋，诗成落笔尽风流。
曾于枕上逢佳律，时向书间觅绿洲。
字若无心休作伴，兴非有感缓登楼。
为迎彻骨真情句，愿赴灵山苦苦求。

五、唐诗之路：愿将灵魂皈依山水

浙东唐诗之旅三题

张德强，浙江绍兴人，现居杭州。浙江文艺出版社编审。1982年毕业于杭州大学（今浙江大学人文学院）。中国作家协会会员，浙江省作家协会七届全委会委员，省作协诗歌创委会原主任。著有诗集《美丽的年龄》《心是敏感的风铃》《幻美诱惑》《时间的姿势》《与时间拔河》《灵魂不长皱纹》等十余种，多次荣获浙江省优秀文学作品奖，作品入选多种诗歌选集。

沿剡溪至天姥

从曹娥江到剡溪，一直向西
这长长的水路上
有多少竹篷帆影从历史深处缓缓驶来
演绎千古风流
我愿是船尾的一朵浪花
紧紧追随着
赏读诗赋，聆听歌咏
穿越岁月的屏障
将唐诗之旅当作滋润灵魂的方式

在剡溪口的雩浦亭

我极目远眺，群山云峰叠嶂

天姥，天姆，天神的慈母

以山峦的蓊郁喂养人间

曾诱李太白梦游

杜少陵壮游

卵石在斑竹古村的驿道上镶嵌成诗句

我流连于字里行间

体味正楷或狂草描绘的意蕴

一路古枫香樟如丰碑高耸

诗仙诗圣诗魔灿若星辰

依稀从全唐诗的册页中溜出来散步

能邂逅否？我欲拱手作揖求教

在沃洲，千年拜师

然后吟留别

一夜飞渡镜湖月

而我，正是湖岸的野艾一棵

石梁飞瀑断想

所有的道路都已中断

只有这根石扁担

横架在岁月肩头，承受亘古重载

而岁月，一如既往

从不因沉郁而卸脱退缩

永远清澈透底

从峡谷乱石中一路匆匆奔来

飞溅成一匹瀑布

冲刷历史沉积的污垢

安静的石梁与激荡的飞瀑

静动和谐，相得益彰

面对山水情怀

我无法抑制内心的淋漓通畅

从扁担上走过的人生

相信：鞋就是桥

跨越最湍急的溪流

不度人的石梁，却能度虔诚的心

通往方广禅寺

于是，我坚定地踏上

虹的背脊，走向另一个自己

仙境洗心之旅

缆车 在两峰之间走钢丝

群山与岚雾挽臂起舞

呵 逍遥神仙居

李白梦游中的阳光月色金银台
我以大自然圣徒的虔诚
前来朝拜胜景

独特的火山流纹岩
把水墨渲染的画屏 挂上了悬崖
我来这洞天福地修炼 洗心
只为借神山仙气
把纷扰红尘 荣辱污秽冲刷干净

在逶迤于峭壁的栈道信步
我俯瞰深谷莽林
愿将灵魂皈依山水 清丽透明
远处巨石巍峨
佛祖岩慈眉善目
观音峰双掌合十
而如意桥用现代化的构筑
串连起梦幻与仙境

比风景更诱人的是想象
比观光更得益的是洗心

谢公垂钓处（二首）

孙昌建，浙江杭州人，中国作家协会会员、浙江省作家协会
诗歌专委会主任、杭州市作家协会副主席，出版有
《反对》《我的电影手册》《鹰从笕桥起飞》等30余
部作品。

谢公垂钓处

第一次来时
我只认识了剡溪
拍照且闲聊
我不关心谢公
只关心今晚
人类吃什么鱼

鱼一行一行地
游上了餐桌
谁突然起了诗兴
欲诵天姥的诗篇
我想还是留一尾吧

给梦游的李白

第二次来时
我们开始辨认碑文
风已经阅读千年
而那些模仿者
徒有艳羡之心
还未找到自己的钓竿

但总要人过留影吧
风景美不美？美
年糕甜不甜？甜
也就在那一瞬间
剡溪闭上了眼

等第三次来时
我们都上钩了

什么是乡愁

唐诗之路上，一个朋友问
到底什么是乡愁

我去问了陈子昂
他一直在独怆然而涕下

我还去问了贺知章
他不回答客从何处来

自宋而降，人人开始上网课
直播的是古道上的马致远

他的瘦马太慢了，尚在路上
我开窗，一辆高铁疾驶而过

在国清寺凝视一株隋梅（二首）

伊　旬，1953 年出生于浙江海宁。一生大部分时间在教书和
　　　　写诗。现居嘉兴，出版诗集散文集若干。

在国清寺凝视一株隋梅

它用瘦骨嶙峋的手臂

举起一个个巨岩般沉重的朝代

在该扔下它们的时候

它果断、迅疾，像我们痛痛快快地扔掉

一个腐烂的苹果

一种被欺骗的信仰

我们数不清它身上有多少伤痕

其实它是把一千四百年人类的苦难

刻在自己身上了

它不是为了得到我们的敬佩、赞美

它仅仅是想记录真实的历史

然后——告诉我们

它仍然在为我们奉献
用它的疼痛、孤独和忍耐孕育的果实
谁吃下一颗，谁就是吃下了
它的疼痛、孤独和忍耐
你必须让自己伤痕累累
你必须像这株隋梅近旁的佛

把人间的苦难和真相背在身上

在天姥山下

在山脚下，我发现我已变作
一块笨拙的石头

我想跟着一位神仙往山上走
他用指头指指东方
——你先到大海里洗一万次澡

我乞求乌云把我驮上天空
它说，它一辈子的修行
就是把自己变作几滴
回归凡间的水

我才刚刚开始仰望天姥山
我准备一直仰望下去

一百年后，我即使仍然是
一块石头，也是被天姥山的风
吹得干干净净的石头

在绍兴（三首）

钱利娜，浙江宁波人，出版有诗集《离开》《我的丝竹是疼痛》《胡不归》《落叶志》，长篇非虚构作品《一个都不放弃》。获首届人民文学新人奖、参加《诗刊》社第 31 届"青春诗会"。两获浙江省青年文学之星优秀作品奖。

青　瓷

他在昏暗的灯光下拉坯
水缸排得齐整
采集来的高岭土已沉淀多日
杂质漂浮于水面，她难以消化的部分
要接受反复的过滤，告别与忘却
瓷土在他手下重获生命
她将饰演多重角色——
炊烟之下的碗碟、夜晚的一豆灯
盛酒的瓮与罐
有时候，那块土甚至成了观音

他用开裂的手指捣练、刻画、上釉

窗外有雪，一只麻雀沿着每一日回旋的命运

扑棱着翅膀

他会在窑炉前等候

粉青、梅子青、豆青

他要为她找到最好的颜色和名字

出窑的那一刻，她的釉面布满裂纹

却闪着柔光

她忘了血中的铁与固执

烈焰的焙烧让她覆上面具，温柔如玉

他抚摸着她，低声喊：我的小菩萨

他目光中的火，似可点亮余生

但他很快投入到新的制作中

她和更多的器皿站在货架上

似待售的尤物

等候新的目光的到来

落马桥

马蹄上没有蝴蝶缠绕

石碾挤压着今岁的浆果

泪在窖底，与之融成佳酿

从此，我有红泥小炭炉

烧掉纸一样脆薄的庙堂与江湖

住下来吧，前有溪，后靠山
青瓷碗里泡着芽茶
我可以和你一起过这样的日子
天高地远，竹泪已干
苦难也已完结
雨水丰满如低声的赞美
海棠和牡丹，并蒂成为你的枕上幻梦

我的怨言，不再像落叶一样飞扬
午后，我有空谷蝉鸣
拥我入怀，那个梦中少年
白齿青眉，翩翩而来
俯身与我耳语："来吧，
回到二十岁的那个夏天
我将带回你的迷你白裙
挽着你的手走过绿草地。"
那少年有时是你，有时却不是

若你又动了凡心
看桃红似肉红
瞳孔里倒映着官帽的悬崖
要骑马踏鞍，再次远行
鞭下的马儿却一声嘶鸣，回头看我
止步不前

在曹娥庙

这是他劳作的第几个庙宇了
用一把凿子萃取往事的美
和每一次沉沦时的微光

他指上的茧子叩问着裙板、廊柱
他要刻下每一个细节
关联着人间的秘密
他要刻下春天的困惑
那个永远无法到达的杏花村
却总为他铺开消解轻愁的道路
他要刻下那场雨的皱纹
雨中，他把一生的回忆都拿出来
清洗了一遍
他想起牧童也曾是他
那还未被苦难损毁的脸庞
相信只要遥遥一指，便终有归处
但他最终在问路的男人身上按上了自己的脸
他的断魂与迷路
也按上他的捉襟见肘、摧眉折腰
和他宽大的袍子下藏着的"小"

他的凿子推动着木皮，阳光通过镂雕
照在他的脸上

他要让神兽微笑，骑梦远行

马蹄所过之处

都开出莲花

这一生，他都有点恍惚：

是那块永在上坡的石头，在推动着西西弗斯

时间化作鸟儿，啄食着他的心脏

命运向着高处挣扎

却又在夜晚开出惨白的月色

日复一日

他忘了自己，只有雕琢的梦

弥漫新一天的雾气

——这便是他此生无言的快乐

桐柏飞瀑（三首）

许春夏，资深媒体人，中国作家协会会员。出版诗集《上国呦鸣》《我用方言与麦子对话》《柒罗树下》等五部，作品见于《人民日报》《光明日报》《大公报》《诗刊》《中国作家》等报刊。现主编杭州《新湖畔诗选》。

桐柏飞瀑

桐柏山上，瀑布飞泻
我没去攀爬
只是做一个旁观者
我抽走深渊之水
晚上重扬至峡谷之巅

你要如此适应
我这样爱你
胸中藏着飞瀑
眼睛盯着手机屏幕
一生想做的事情
只是把绝壁躺平

制造声音

天台山深处
林木寂静
我买了一根拐杖
是想发出一个声响

如此礼赞
我是想听到点名
如一株三百年苦槠树
路过的人
都会叫它一声

包括我执意
多给小贩一些钱
也是希望放大瀑布的震撼
我可以听到拐杖立誓
它见证溪涧
如何成了诗仙

仙居故事

我在仙居
发现了"自在之物"

我是说，面对烟灰
我惊呆了许久后
认定那满山遍野的杨梅树
是它授的粉

我认定它
来自吕师囊那次起义
烧毁的简牍，也是它
关闭了流纹岩的语言系统
火的简史
从此在舌根涌血

六、专 论

梦回唐朝，壮游浙东

——撮谈浙东唐诗之路

» 尤　佑

本地名片

"浙东贫，浙西富。"坊间传此言已久。究其原因，大抵与地域相关。以钱塘江为界，浙西地属平原，北接运河，东入大海，为鱼米之乡，土地平旷且肥沃，民间安宁且富足；浙东地区属丘陵，山川如画，却有碍市场经济的发展。回到一千多年前的唐朝，浙东竟成为诸多大诗人反复吟诵的地方，散发出无与伦比的光芒，其内在原因究竟是什么呢？

翻阅《全唐诗》，我们可以找到浙东的三张重要人物名片——虞世南、孔绍安、贺知章。

虞世南，何许人也？他是古越州的书法家、诗人。为初唐"十八学士"之一。他生于558年，卒于638年，活了80岁。虽然他侍宴之作颇多，文辞典丽，内容有形而上之美，但其诗作延承了汉乐府的脉络。比如，《从军行》中的"蔽日卷征蓬，浮天散飞雪""孤城塞云起，绝阵虏尘飞"，写出了一位文人的报国之志。

在虞世南的创作中，大致分为两类作品。其一就是上述的爱

静默的存在

国之诗；其二就是咏物之诗。

《拟饮马长城窟》中的"前逢锦车使，都护在楼兰""怀君不可遇，聊持报一餐"；《出塞》中的"凛凛边风急，萧萧征马烦"；《结客少年场行》中的"云起龙沙暗，木落雁门秋"；《怨歌行》中的"谁言掩歌扇，翻作白头吟"；《中妇织流黄》中的"寒闺织素锦，含怨敛双蛾"。从这些句子可以看出，虞世南不仅书法了得，而且是初唐时期的诗歌明星，他的诗歌一定被李白、杜甫、岑参等人传阅过。

《奉和幽山雨后应令》中的"日下林全暗，云收岭半空"；《春夜》中的"惊鸟排林度，风花隔水来"；《咏舞》中的"一双俱应节，还似镜中看"；《咏萤》中的"恐畏无人识，独自暗中明"；咏《蝉》中的"居高声自远，非是藉秋风"。显然，虞世南的咏物诗，寓情于景，技术娴熟。尤其是咏《蝉》一句，仿似就是自身写照。

正因为有了"居高声自远"的虞世南，浙东地区才向朝廷打开了一扇窗户。但在虞世南的一生中，其表弟孔绍安的逝世应是一大憾事。

孔绍安是越州山阴人，比虞世南小 19 岁，却早逝了 16 年。他官至内史舍人，少诵古文数十万言，深为外兄虞世南叹赏。从文学创作来说，他的生命短暂却创作力旺盛，留世之作尤以赠别诗为多。如《伤顾学士》《别徐永元秀才》《赠蔡君》等。他在《赠蔡君》中写道："畴昔同幽谷，伊尔迁乔木。赫奕盛青紫，讨论穷简牍。"在《结客少年场行》中有云："雁在弓前落，云从阵后浮。吴师惊燧象，燕将警奔牛。"体现了孔绍安的诗歌才华之高，显出一种壮阔之境。

"今日严夫子，哀命不哀时。"此句用庄忌的《哀时命》的典故来为顾学士感叹命运多舛，仿似也是孔绍安的真实写照。

如果说，虞世南和孔绍安的在朝为官与诗歌创作为浙东唐诗之路奠定了口碑基础，那么身为越州永兴人的贺知章则是开元盛世期间的诗坛明星。

可以说，唐朝高层对诗歌的推崇与实践，推动了唐诗的发展与繁盛。唐太宗、唐玄宗以及武则天均留作品于后世。作为太子宾客的贺知章德高望重，掌握了较强的话语权。而且贺知章的诗歌创作带有浓重的思乡情结，在他的诗歌中，"镜湖""会稽山""四明山"反复出现。几乎是贺知章的诗作，让江南风情成为人们歌颂的对象。

贺知章由陆象先举荐为太子宾客，此为政坛明星，号称"四明狂客"。在诗坛，他与李白的关系非同一般。李白由道士吴筠（一说是玉真公主）推举，抵达京城之后，见到了贺知章。贺知章非常看好李白，直呼"谪仙人"，并以金龟换酒，与李白共饮。

在 744 年，贺知章 85 岁高龄，他上书请为道士，归还越州镜湖隐居。唐玄宗赠诗《送贺知章归四明》，李白则赠《送贺宾客归越》，表达深情厚谊。于此事中，我们可以看出贺知章声望之高。

在贺知章的诗歌创作中，故乡被反复提及。《晓发》之中"故乡杳无际，明发怀朋从"；《采莲曲》中的"稽山罢雾郁嵯峨，镜水无风也自波"；《回乡偶书》（其一）中"少小离家老大回，乡音无改鬓毛衰。儿童相见不相识，笑问客从何处来"；《回乡偶书》（其二）中的"离别家乡岁月多，近来人事半消磨。惟有门前镜湖水，春风不改旧时波"；《答朝士》中的"钑镂银盘盛蛤蜊，镜湖莼菜乱如丝。乡曲近来佳此味，遮渠不道是吴儿"。从这些诗句中，可以看出诗人对镜湖的至深感情，这正是他辞官归隐的原因所在。

贺宾客的归隐不仅得到皇帝的许可，而且带有明显的求仙访道的性质。唐玄宗李隆基在诗中说："遗荣期入道，辞老竟抽簪。岂不惜贤达，其如高尚心。"一道圣谕，盛赞老臣心。李白诗云："镜湖流水漾清波，狂客归舟逸兴多。山阴道士如相见，应写黄庭换白鹅。"浙东天台山作为道教圣地，有司马承祯坐镇，在当时产生了广泛的影响。

可惜贺知章隐居镜湖未足一年，就仙逝了。但依据史料可知，唐太宗以诗入举的政治策略，推动了唐诗的发展与鼎盛；而深念故乡的贺知章作为太子宾客，则进一步推动了唐诗的创作与发展。

外地来客

在古代，交通不发达。青山绿水，既是风景，也是障碍。凡有志之士，皆有壮游的念想。尤其是唐代诗人，通过外出壮游、酬和，谋职者众多。最突出的就是李白、杜甫、孟浩然等人，而浙东地区是他们游历的重镇。

律诗集大成者杜甫就写过"吴越胜事"，有诗为证："商胡离别下扬州，忆上西陵古驿楼。为问淮南米贵贱，老夫乘兴欲东流。"诗中的"西陵"是杭州萧山的古称，位于钱塘江南岸，与杭州隔江对峙，原为越国故地，范蠡屯兵之所，为"浙东唐诗之路"的起点。

关于杜甫游历浙东，冯至有一个判断比较准确："（杜甫）现在到了江南，也就是二谢、阴何、鲍庾那些诗人所歌咏的地方。……但他并没有能够东去大海，只是渡过钱塘江，登西陵萧山县西古驿台，在会稽体会了勾践的仇恨，寻索了秦始皇的行踪，五月里澄清的鉴湖凉爽如秋，湖畔的女孩子洁白如花，他乘船一直到了曹娥江的上游剡溪，停泊在天姥山下。"

李白比杜甫大11岁，杜甫游览浙东却先李白。在杜甫之后，李白、元微之、白居易、宋之问等人都到此一游。

"西陵"，作为唐诗之路的起点，有一种怀古伤今之意。吴越纷争带来的历史空置，给诗人留下了遐想的空间。杜甫在《答微之泊西陵驿见寄》中写道："烟波尽处一点白，应是西陵古驿台。知在台边望不见，暮潮空送渡船回。"可见杜甫游历至此，顿感空茫，人文古迹，蕴藉历史。

与西陵古驿台况味不同的是浙东的自然山水。唐诗中被反复提及的"若耶溪"，发源于越国最初的国都嶕岘附近，汇七十二条支流，所经之处大都是于越部族的发祥地，过云门，经平水而入鉴湖，又继续北上，经越州州治和柯桥，汇入浙东运河萧绍段。正所谓"一夜飞渡镜湖月"，诗人们泛舟而游，两岸风景如画。

刘长卿诗云："兰桡缦转傍汀沙，应接云峰到若耶。旧浦满来移渡口，垂杨深处有人家。永和春色千年在，曲水乡心万里赊。君见渔船时借问，前洲几路入烟花。"

崔颢又作《入若耶溪》："轻舟去何疾，已到云林境。起坐鱼鸟间，动摇山水影。岩中响自答，溪里言弥静。事事令人幽，停桡向余景。"

綦毋潜《春泛若耶溪》："幽意无断绝，此去随所遇。晚风吹行舟，花路入溪口。际夜转西壑，隔山望南斗。潭烟飞溶溶，林月低向后。生事且弥漫，愿为持竿叟。"

好一句"永和春色千年在"，点出了古越州作为文化圣地的存在。魏晋以来的文人雅士在越州的典故，成为唐代诗人造访浙东的主要原因之一，表现了中国山水文学代表的访胜探幽的志趣。

毫无疑问，一座天姥山，半部全唐诗。天姥山的地位，因为李白、杜甫、白居易的到访而名扬天下，成为浙东唐诗之路上的重要坐标。

> "海客谈瀛洲，烟涛微茫信难求。越人语天姥，云霞明灭或可睹。天姥连天向天横，势拔五岳掩赤城。天台四万八千丈，对此欲倒东南倾。我欲因之梦吴越，一夜飞渡镜湖月……"

李白以"手可摘星辰"的浩瀚想象力，将天姥山化作一个传奇，写入《全唐诗》。同样，作为山水诗的发源地，天姥山的传奇发轫于东晋时期的一位传奇人物——谢灵运。他才华横溢，胸怀宽广，有强烈的政治抱负，他曾因官场失利在会稽山当起了隐士。他来到天姥山时，还自制了一双木制的"谢公屐"，写下著名的《登海峤》等诗篇。

在如今的"谢公故道"中，历代文人墨客留下了不朽的足迹。"入剡隐居，占山筑卜"，正是对隐士之风的真实写照。

天姥山并没有泰山的巍峨，也比不上庐山秀丽，却因自然风景秀美、人文底蕴丰厚而闻名于世，这也算是名声在外，奇迹再现。一座座古建筑，一条条古街、古道，一处处古村落，都让天姥山散发着神奇光芒，不断吸引外来诗客到访。

自然哲学

窃以为，"浙东唐诗之路"是中国古代探寻人类生存之源的朴素哲学的表达。如今，游于此山中，似有天人合一、神游其中的美感。中华民族的审美源于中华民族源远流长的哲学思考，无论是德高望重的智者，还是目不识丁的布衣，只要生长在中国，就会深受中国哲学之雄健与幽玄思想的影响。

王国维说："周末时之两大思潮，可分为南北两派。一为孔子者北方雄健之意志也；二为老子南方幽玄之理想也。"依我看，雄健与幽玄在尔后的岁月中，乃为中国自然哲学的导向。

西陵渡口、越州镜湖、剡溪、国清寺、天姥山、天台山这六大景观的存在，也恰恰应验了中国哲学之精髓。

西陵渡口，作为"浙东唐诗之路"的第一表情。它蕴涵着吴越大地的精魂。建筑结构灵动活泼，飞檐翘角，似游龙飞腾。久居城市的人们，在这里似乎看到了自由飞翔的梦想。飞出那大厦林立、钩心斗角的喧闹城市，从绿色的自然起飞，借着天姥山的高度，向着琼楼玉宇的方向展翅自由飞翔。古建筑的灵动四角，深谙中国古典建筑之精髓，符合坚硬向上的性格，似傲气凛然的民族雄健之精神。倘若说，江南四大楼的飞檐与此相敬，那也只是"四大名楼"有水相应，达到人性的刚柔应和之美。吴越之地的历史沧桑，尽在西陵渡口的瓦砾之间。

镜湖、剡溪……她们孕育着洁净与柔美。即使她们明净若镜，涓涓细流，也难掩她们对人类灵魂的净化。我似乎能想象，在夜间，那些从山涧流淌而出的汩汩细流，带着宁静的山水基因来到人际之间，又有多少文人墨客，在镜湖中找出了自己"不慕荣利"的相貌。王维、孟浩然等人凭着他们独有的洁净与清新引领后来人向幽玄的道家和佛教走去，那是精神圣地的召唤，那将是灵魂净化之旅。

峰回路转，依稀听到仙鹤在天台山上的云层中鸣叫。国清寺像一位智者，高高地直耸云霄之间。白云作为他的腰带，将其环绕。浅吟低唱的是水雾，还是山岚，亦分辨不清。是谁说，高处不胜寒呢？是谁在抒怀"不畏浮云遮望眼，自缘身在最高层"呢？又有谁在感叹登高而小天下呢？

站在国清寺的门前，望着这峨冠似的阁顶、拔地而起的古原玉簪。思绪飘然而上，苍苍者天，茫茫者天，悠悠者地，无涯无极，日月星辰森然相会于此。国清寺啊！慈云！愿苍生能寻觅到你的踪迹，追随你飞翔。

俯瞰赤城全貌，眼光不再局限。林立的大楼，像往日的琐事，显得渺小不可记忆；斑斓的色彩在绿色森林的掩映下，同归生活本真；茶韵飘香，似仙女的体香，萦绕鼻根，直至心脾；名家书画，还散发着未干的翰墨香气。你，又怎能不醉心于此呢？

轻轻地触摸着这哥特式建筑，缘廊徐行，感受着这份幽玄理想中的雄健。似乎回味不尽这无我的存在。又是谁巧夺天工地建造了那古老的楼阁呢？不，没人能建造。顿悟间，我发现，他是大自然的儿子，是人们建造了他的躯体，却是大自然铸造了他的灵魂。

孔子曾适周问礼于老子。说明雄健与幽玄之共存。泰山之上，释儒比邻更是传为佳话。这源于中国"和"的哲学思想。在浙东唐诗之路上，司马承祯坐镇的天台道场和国清寺的东传日本的佛教圣地的比邻亦是"宗教融合"的重要佐证。依我看，美丽高尚的事物不应是相互嫉妒的。每个人、每件事物都有自己的可取之处。

老子曰："天得一以清，地得一以宁，神得一以灵，谷得一以盈。万物得一以生，侯王得一以为天下贞。其致之，一也。"

道和佛曾是古人追求之理想境界。一沟一壑，选择，因人而异，此为自然。

贺知章与李白都有求仙访道的足迹，足以说明此处风景宜人，秀丽非凡。确实，摆在我面前的风景正是吴均在《与朱元思书》里的"鸢飞戾天者，望峰息心；经纶世务者，窥谷忘反"之美景，更不亚于陶渊明的"采菊东篱下，悠然见南山"之境。毕竟，那些景致还是凡夫俗子眼中的美景呀。而此处山水，则已惹得仙人忘怀结庐。

在浙东山水间漫步冥思，身体与万物相融。王国维说："宇宙万物无不相对者：天与地对，日与月对，寒与暑对，人与物对，皆相对也。"观音山之旅，可谓是万象生，生万象。自然与历史、自然与人类、传统与现代、峰与壑、云与瓦、佛与道、现实与理想……醉心于寻觅雄健与幽玄的旅人，历经了一次灵魂的洗礼。

亘古千年，山水依旧。人的精神生活始终离不开自然山水，人类社会的足迹也不能离开诗性。"浙东唐诗之路"不仅是一条诗歌之路，更是一条山水人文之道。恰如诗人许浑所言："来往天台天姥间，欲求真诀驻衰颜。"我们都在自然山水中寻求焕发生命力量的要诀。